馬森小說集②

生活在瓶中

編輯弁言

一派自持與溫雅的文風，字如其人，看似沒有激揚之情，但其內省與自覺的泉源，卻是汩汩湧升無休。馬森所創作的文學，是要不斷掘深那窪拋棄傳統禮教束縛、脫離西方宗教原罪觀後，個人自由與存在意義的活井。

視似卡繆《異鄉人》人際疏離、缺乏社會實存感的莫名所以；也像卡夫卡的《變形記》，將想像附生於動物，拉低人的位階正視生物本質；也有湯瑪斯曼《魔山》中說理論辯的形式，由陷於困境的角色直抒胸臆。在馬森的小說語法中，不難看見西方現代主義與存在主義的哲理邏輯，使其文本透顯不同於其當代小說的興味，不論在形式及題材上，表現出濃烈的前衛實驗性格。

最早的《巴黎的故事》，以人類學田野調查之心，就文學之筆寫成，竟能擴及不同膚色的族群，堪稱現代文學中極難得見的異鄉底層人物的生活面貌實境；反應其巴黎生涯的《生活在瓶中》，則企圖追隨意識的流動，觀照「反省」與「解悟」對人的意識所產生的作用。《北京的故事》以中國文革為背景，是寓言，也是殘酷劇場；《孤絕》即為Isolation，說出繁華現代社會中，個人心靈的荒瘠之感；《海鷗》思索背叛自然享有絕對自由的人類，所背負的重擔；最為人知的《夜遊》，則像是對年輕的靈魂投下了震撼彈般，「不要活過二十歲」，是怎樣惡狠狠的慘綠年少，是怎樣的對青春年華的眷慕啊！《M的旅程》以其擅長的象徵手法，外在變形、轉換時空，內心背離原鄉卻又負疚；《府城的故事》則終於回到台灣，一生漂流後，他選擇記錄台灣，已是老人的故事。

作家不免漸老，文字卻能代代如新，尤其經典之作，在當初時代或許並不被多數人接受，卻在時間推移後顯出其孑然風華。為免遺珠之憾，我們將整理「馬森小說集」八部作品出版，依寫作時間序列，讓讀者看到這位走在文學之河先端的作家，如何在齊河、濟南、北京、淡水、宜蘭、大甲、蘇澳、台北、巴黎、墨西哥、溫哥華、倫敦、台南的不斷播遷流離的生涯中，在中文、日文、法文、西班牙文、英文等不同的語境與文化範疇裡，創造出一個個不停想、不停看、不停要掙出人世重圍的人物，及他們的故事。如高行健所說：「畢竟是神遊的馬森，毫不戀棧，東方西方，來去自由，何等瀟灑！」毋論作家優游何處，那口源源不絕探求生命底線的深井，則會繼續留在他的小說裡，留在台灣，待讀者掬飲。

目錄

總序

過去所寫的小說，在長達三十多年的時光中，曾分別由多家出版社或出版公司出版(注)，實在是太分散了。如今，這些已經出版過的小說和尚未曾結集出版的《府城的故事》一書，都委託印刻出版公司出版，看起來似乎成為一系列的小說了。對作者而言，增添了紀念的情懷；對讀者而言，提供了尋書的方便。

我的專職本在教授和研究有關文學的諸課題，首先需要學術著作以符學府的期待；文學創作只是我的副業，但實際上卻可能花了我更多的心血。我常稱自己是一個週末作家，一週有五天獻給了學院，只剩下兩天供我自由運用，這兩天成為我最寶貴的時間。當然，學院中較長的寒暑假，除去必要的旅行外，也平均分配在研究與寫作之上了。在我結集成書的創作中，劇作與少數的散文集以外，就數小說了。小說對我的吸引力與劇作一樣大，其實二者除了形式體制上的差別外，情節、人物、思想、修辭各方面有許多互通的地方，這正是為什麼常常小說作家兼及劇作或劇作家兼及小說的原因。

有幸生活在一個動盪的大時代，可資寫入小說的題材俯拾皆是。然而問題不在題材，而在如何寫。文學史顯示出大時代不一定創造出偉大的作品，平常時代也不一定不會產生出色的小說，問題端在作者的識見和筆下的功力。拿破崙侵俄之戰固然促生了托爾斯泰的《戰爭與和平》，我國的八年抗戰，也算得了一個大時代，到目前卻還未出現亮目的鉅作。相反的，《紅樓夢》與《追憶似水年華》都產生在平常的日子，可見人生中無時不是創作的素材或源泉。

我一生在世界各地流徙不止，輾轉於亞、歐、美三大洲之間，持續經受著異文化的衝擊和挑戰，養成了對付外在環境的耐力，同時也使我有機會領略到異國風俗與語言的不同韻味，在深感不虛此生之餘，對我的寫作自然會增添一些顏色。

幼年頗受五四一代流風遺韻的薰陶，醉心於寫實主義，到了大學時代趕上二度西潮的現代主義，及至出國以後，又落入後現代主義的氛圍，因此在短短的數十年中，使我經受了西方幾近兩百年之久的文藝風潮。因此在學習的過程中，我曾做過種種的嘗試，總希望每一次的書寫都會有不同的風味與面貌。我自己覺得，我所寫的小說都是實驗性的作品，每一部似乎都沾潤了企圖完成某一種藝術構思的苦心。至於其中有沒有一種共同的風格，只有留給評論家去尋索吧！

二〇〇五、十二、二十

注釋

所寫小說以時間為序，曾分別由台北寰宇出版社、香港大學生活出版社、台北四季出版社、台北聯經出版公司、台北時報出版公司、台北爾雅出版社、台南文化生活新知出版社、上海復旦大學出版社、北京人民文學出版社、台北明日工作室、台北麥田出版社、台北九歌出版社等出版。

舊版序言

《生活在瓶中》是一九六八年在墨西哥寫成的一部小說，當時由金溟若先生主編的《大眾日報》副刊予以連載。連載後並沒有立時出版，直到十年後的一九七八年才經過金恆煒兄的介紹，由「四季出版公司」出版。

出版以後銷路還不錯，正在準備再版的時候，「四季出版公司」竟因業務不振而結束。幸虧當時雙方訂的合約是以五年為期，五年一過出版權就由作者收回了，所以現在才可以再交由「爾雅出版社」重新出版。

這次的出版，不是再版，而是重印，與一九七八年「四季」出版的版本不同。當年「四季」的版本，除了《生活在瓶中》一篇長篇外，還選輯了一九七二年香港大學生活出版社出版的《法國社會素描》中的一部分短篇。雖然都以法國為背景，但《生活在瓶中》是純粹的小說，《素描》中的作品則有些像以人類學的方法所寫成的報導文學。亮軒兄已經在一篇評論中指出來這二者的體制不合，所以這一次重印便沒有再合在一起。《生活在瓶中》單獨出版，從未在國內出版過的《法國社會素描》可能配以插畫後以「法蘭西風情畫」的書名另行出版。因此「四季」原版中的序言「懷念在巴黎的那一段日子」留給下一本書用，在這一本書中就不再重印了。

目前在台灣的書店中已經找不到四季版的《生活在瓶中》。前幾個月我在台北時，還輾轉接到南部讀者的來信問我哪裡可以買到這本書。這個問題我自己也不能回答，因為我也找過不少書店而沒有找到。現在承「爾雅出版社」的柯青華先生擔起重印這本書的責任，可以說解決了找尋這本書的讀者們的問題。

《生活在瓶中》寫作的時間雖然遠遠早於《夜遊》，可是在結構上可能要比《夜遊》新穎一些。我記得在寫作《生活在瓶中》時，在構想上就抱有突破傳統小說中「時」與「地」的觀念，企圖不但追隨意識的流動，而且也觀照到「反省」與「解悟」對人的意識所產生的作用。人的經驗本來就是一種時與地的交合，在傳統的小說中以時為綱的傾向非常強烈，主要是因為傳統的作者多遵從外觀的規律，而忽略了內視的脈絡。其實一個人的意識活動是沒有明確的時序的，最重要的反倒是意識中所執著的某些點。在《生活在瓶中》中，「反省」與「解悟」成為意識流動中的兩個支點。但這並非說意識流動中不可能有別種別樣的支點，或者竟全無任何支點。如果意識的和非意識的活動，實際上組成了人的生活的主體，小說家就沒有理由捨棄對生活主體真相的追求，而只斤斤於對習見小說體制的模擬，只求小說形式上的形似，而不計生活真相的探尋。因此《生活在瓶中》，在實質上表現了作者對生活真相探求的努力，在形式上則應該算是一部實驗性的小說。其中孕育了作者後來小說中的一些組織結構的方法和表達的技巧。

小說的藝術雖然經過了好多個世紀的磨練和成長，仍然是一個開放的藝術園地，含蘊了種種潛在的可能，等待年輕一代的小說家的繼續努力，去開拓前人未曾觸及的題材，實驗前人未曾動用的技巧。每一代都遭遇到一種前所未有的嶄新的環境，也自然會引發出藝術家的嶄新的感覺，小說的藝術也就自會不斷地革新，再革新了！

一九八四年八月二十一日於香江

生活在瓶中

我想我是快死了。

已經有兩天躺在床上，沒有吃任何東西，沒有人來看過我，大家都把我忘了；我原不是值得人們憐惜的一個生物。

*

陽光很好，像每年的八月的天氣。我看見一片雲，軟綿綿地，掛在那個傾斜的小窗口的一角。

陽光也好，雲也好，與我有什麼關係呢？我閉上眼睛，不就只是漆黑的一團？也沒有陽光，也沒有雲！過一會兒，等我閉上了心智的眼睛，便也沒有八月，也沒有我，什麼也沒有了。這原是極自然的事，可是我始終不曾想通過，世界上一切的存在，只是我的幻想呢？還是它們眞正客觀地存在我的想像之外？我曾相信過有一個客觀世界的存在。憑了生活的經驗，我可以相信，即使失去了我，世界還照舊存在著。可是現在我忽然懷疑起來，因爲「相信」這一個動向，也是由「我」而出發的。好像所謂客觀的世界，只不過懸在「相信」這一個鉤子上。如果這一個鉤子一旦折斷，客觀的世界何所憑藉呢？自然在我還能「相信」的時候，這個世界仍然存在著、活動著、被我包容著，或是包容著我。

我聽到窗外有撲翼的聲音；我相信一定有鴿子落在附近的屋簷上；這也是憑了經驗而來的，因爲每次聽到撲翼的聲音，我一衝到那個傾斜的小窗口，就看見幾隻鴿子在附近的屋簷上追逐。所以現在即使我躺在床上，看不見鴿子，我也相信一定有鴿子落在附近的屋簷上了。然而這不過是相信罷了！也許不是鴿子，是別的鳥兒；也許壓根兒什麼也沒有，只是一時的幻覺；就像我們憑了經驗來判斷這個世界的存在一樣，到了兒，也許什麼也不曾存在過。

我沒有力量爬起來，我更沒有力量衝到窗口，我無法證實鴿子的存在；但是我「相信」有鴿子落在附近的屋簷上，因爲我聽到撲翼的聲音，每次有撲翼的聲音，就有鴿子落在附近的屋簷上。

我忽然高興起來，我這時的心智竟前所未有的澄明，我想到我豈不是正衝向那個生命的窗口，去證實這個世界是客觀的存在，還是「我」的幻覺？能不能得到證實呢？這個問題全繫在能不能保有「我」的問題上，證實是需要一個「主詞」來完成它的動作的。可是我一逕相信「死去」便失去了「我」，死去的人，在活人的眼中，都失去了「他」，於是我也相信死去便失去了「我」。不幸從沒有人能夠證實這一個問題。如果死去仍有「我」，那為失去「我」而做的努力跟掙扎豈不是非常可笑的？生命不是自我賦予的，而死卻可自行解決。當我伏在那個砲彈形的煤氣筒上的時候，我這樣想著。

凡是自我解決「死」的人，多半都是因為這個世界對他已失去了意義。這卻並不是我的問題，這個世界從不曾對我有過什麼意義，自然也不會發生「失去」的事。我所以自行解決「死」的問題，只是很自然地，一時我這樣想，我就這麼做了。當時我不曾考慮「死」與「失去我」到底有些什麼複雜的交互關聯，我只簡單地想到「死」便等於「失去我」，「失去我」便是一種「永恆的安息」。我自然常常嘗到安息的滋味，於是我便想到「永恆的安息」應該是一件最快樂的事。不幸我不曾踏過了死的門檻，煤氣筒顯然是太小了，不夠殺死一個人的力量。我從昏厥中醒了過來，頭痛、嘔吐，我爬到床上，受盡了肉體的折磨。現在我想我眞是快要死了，我已經躺了兩天，沒有吃過任何東西；頭痛已經減輕，只要我能忍耐住飢餓的折磨，死對我便不是一件多麼痛苦的事。雖說這樣的死並沒有什麼意義，可是不死同樣地看不出什麼意義。我竟然十分高興地躺著，等我靜靜地，不用費力地衝向那個窗口……撲翼……鴿子……生命以外的……

*

好像有叩門的聲音。怎會呢？叩門是表示有人來。一定嗎？很難說。

然而實在好像有叩門的聲音，是門房的女兒嗎？

她並不是個妖豔的女人，但是她是個女人，像所有的女人一樣，說不定在什麼時候，對男人忽然發出一種不可抗拒的魔力。她拿信給我，所有的信都是經過她的手拿給我的；英格麗的信也在內。她的手上，靠近大拇指的地方，有一顆黑痣。我總是低著頭接了信就走，不曾看她的臉，也不曾留意她的表情。她伏在樓梯的第一階的扶手上，望著我的背影。我沒有回頭看，但我感覺到，有幾次在偶然敞開的大門的玻璃裡，證實了我的感覺是不錯的。對住在這所房子裡的所有的男人，大概她都是這般好奇地、渴望地注視著。爲什麼渴望地注視著？爲什麼渴望地呢？這也不過是我自己的感覺罷了，年輕的女人總有些那個。

「羅先生，你的信！」

我伸手接信。

她卻把手一縮：「是情書吧？」

我笑了笑。這是用不著否認的，因爲是英格麗寫來的。她倒有點不好意思，趕緊把信遞給我，又是用那隻生著黑痣的手。我走上樓梯，忽然回頭一望，碰上了她的眼睛。轉身，躲進門房裡去了。

「您是個畫家嗎？」她問我，有一次。

我看到她的臉，一張剛剛成熟的女人的臉。好像第一次我注意到她的眼珠是黑的，也好像第一次我注意到她那大而厚的嘴唇有火樣的感覺。

「您實在很好看。」

「什麼？」她本在等我一個字的回答。因而沒聽清楚這句意外的話。

我是不善於恭維女人的，所以也不願再來重複，雖然我知道這句話一定不會使她著惱。

我接著她的話反問她：「您是怎麼知道的？」

「常看見您拿著畫出出進進的；而且仲馬太太買過您的畫，她說您畫得眞不錯。」

這「眞不錯」三個字實在是並不值錢的，仲馬太太對我的畫從來沒有出過大價錢。如果不是等錢買麵包，我是絕不肯賣給她的。

「您認識仲馬太太？」

「這條街上誰不認識她？」說著眏了眏眼睛。

＊

有一天下午，我正坐在我們這條街頭的圓環裡畫畫，這時我還不曾專心畫抽象畫。這個地方，不像塞納河畔，不像盧森堡公園，是輕易見不到畫板的。走過的人，都要停下來，歪著頭，瞅個半天。我自顧自地畫，也不去管他；在巴黎畫畫得習慣這些。

「您畫的是這條街嗎？」一個女人的聲音，尖尖的嗓門。

這還用說嘛，我正對這條街坐著，我沒有回頭，隨便應了一聲。

「怎麼看不見聖．凡和內教堂？」過了半天，同一個聲音，語尾在舌頭上打了個結，很歉然似的。

我回過頭去，好奇地。五十歲上下，削瘦，尖下頦、尖鼻子，一頂圓帽子，像鳥窩，很重，把額頭壓得起了皺。

「對教堂，我沒興趣！」

「寫生應該忠實於實在的東西。」多不客氣的批評，好在是笑著說的。

「畫畫只管忠實於自己。」

「嗯?」尖嗓門在嗓子裡打了個呃,又諾諾然地:「好在有我的房子,這裡就是。」一個戴大鑽戒的乾手指挺在我的面前:「我就住在這條街上。」

「那我們是鄰居。」我抹了一筆,幾乎把那所房子抹掉了一層。

「要是不嫌打攪的話,」尖嗓門還在我身後顫抖著:「請問你這畫是不是出售的?」

「畫家不賣畫,吃什麼?」我笑著說。

「那麼,我可以知道一下價錢?」

我倒有點爲難了,想一想:「就兩萬法郎吧!」

「年輕人哪!開始畫畫,不可以這樣要價的。您的畫比畢斐的畫還貴一倍呢!」

「您大概不清楚畢斐的時價吧!」

「我是說畢斐像您這個年紀時候的價錢哪!好吧,我就住在這條街,就是這裡,二十號,一樓,我是仲馬太太。我很喜歡這張畫,不過兩萬我不買。您有工夫不妨來談談,我也收藏了一點畫。」

仲馬太太好像很懂得畫家的心理。走了兩步,又回過頭來:「什麼時候改變了主意,就拿來吧!我是說這張畫。」

如不是麵包問題,畫家是永遠不會改變主意的。

*

「您也畫人像嗎?」黑眼珠直盯著我的眼睛。

「什麼都畫!什麼時候給您畫一張,肯不肯?」

啊!英格麗!我說這話時,忽然想到英格麗,歉然地。

用那生著黑痣的手撩了下頭髮,抿著嘴笑,不說是,也不說不。

「我還不知道您的名字?」

「我叫佳琳娜,衣哈太太是我媽。」

「魏斯埃太太呢?」

魏斯埃太太是以前的門房。

「那是我姨媽,她心臟病,下鄉休養,我媽來代她。」

「這個我知道。上來!」我做了個手勢。

「做什麼?」

「不是畫像嗎?」她沒答話,一轉身跑回門房去了。一秒鐘,又旋風似地捲回來。做個臉色,半笑不笑地:「看我媽在不在。」

「你媽不准你上來？」我扶著她的腰，讓她走在我前頭。

「不是！我媽才管不著我，我又不是小孩子！」

樓梯上有人走下來，是我的房東，住在五樓的鮑得埃先生跟他太太。這位鮑先生是個乾癟的老頭子，老是黑衣服，黑帽子，一隻手臂掛著手杖，另一隻手臂掛著鮑太太。這位鮑太太也不胖，可是身體比她的丈夫卻大了一號；與其說鮑先生掛著她不如說她掛著鮑先生更恰當。看起來只要她一擺手臂，管保把鮑先生摔個四腳朝天。好像女人天生來就懂得利用優勢，鮑太太的嘴就從來不閒著，老是用一種半窒息的低啞的聲音數道鮑先生。鮑先生可從來不回嘴，只把一塊白手巾不停地揉他的紅鼻子。

我們靠在一邊，讓這一對走下去。

鮑先生掛著手杖的那隻手，趕緊把白手巾塞進衣袋裡，摘了摘帽子，說了聲早安。鮑太太卻狠狠地瞪了我們一眼，下去了。

「這些人最愛說閒話。」佳琳娜看了我一眼。

「什麼閒話？」

「別裝傻，您這人！您也不是小孩子！」

「我不懂！」

「哼，兩天一封情書的畫家，還不懂這個？」用黑眼珠挖了我一眼，好像把我的「裝胡塗」一眼都剷光了。接著：「我不在乎，我又不是小孩子！」

佳琳娜愛上了這句「我又不是小孩子！」以後我常常聽見她說這句話。

英格麗可從來不說這樣的話，因爲她是一個眞正成熟了的女人，無論就身體或就思想而論。

我開了門，讓佳琳娜進去。

「呀！全是畫！」她驚訝地叫起來，打了一個旋，眼睛盯在一幅畫上。

我趁她不注意，把英格麗的照片塞進抽屜裡。

「這是不是你的愛人？」

「也可說是，也可說不是。」

「嗯？」不解地望著我。

「天下可愛的女人，都是愛人，是不是？」

「我是問您是不是愛她？」

「我還沒有決定這個問題。」

「啊！會說謊的男人！爲什麼男人都愛說謊呢？」

「因爲女人愛聽謊話呀！」
「唉，說不過您！」
她轉過身去，又對著那幅畫，後退兩步，歪著頭，咬著指尖兒。
「她很美，是不是？」
「也許，我不知道，您呢，您覺得她美嗎？」
「我覺得她很美，不過我不喜歡這種顏色。您把她的臉畫得這麼白，有點怕人！」

*

英格麗坐著的模樣正是這個樣子，眼睛向前望著，其實她只望著她自己。望著她的理智，永遠望著她的理智。她是個有分寸的人，她是個聰明人。幸而，也可說不幸，她自知這份聰明，她就把這份聰明捏在手裡，運用得頭頭是道。她安排她的生活，調理她的情感，沿著一定的繩墨，絕不讓任何衝動闖過了這條安全防線，到了自毀毀人不可收拾的地步。同時，她也是個善良的人，她希望自己幸福，也希望別人如此。她就靠那種無時或失的理智，爲自己鋪了一條通向幸福的大道。如果她有這個力量，她也肯爲別人鋪上一條。如果她辦不到，那不是她的錯，幸福原是應由每個人自行追尋的。

她坐著，眼睛向前望著，漸漸不耐煩了。

「讓我先看看，好不好？」

「忙什麼！」

「半個多鐘頭，脖子都僵了啊！還是讓我先看看吧！」

不等我答應，人已到了我的身後。

「才畫了一個頭？」

「這是最重要的部分，小姐！」

「噢？」

「怎麼，不像？」

「像不像我自個兒怎麼知道？」說著跑到鏡子前，端詳了半晌，回轉身：「我的臉就這麼白皙皙的呀？」

「這不全是寫實，我畫的是你的精神。想想看，白是什麼意思？」

轉動著眼珠，好像猜到了，抿著嘴笑，不說話。

「說呀！」

「是好的還是壞的意思？」

「不好也不壞。」

她坐下，雙手托著腮，一本正經地：「我想你的意思是純潔！」

我笑了。這麼迂！

「什麼是純潔？」

「純潔就是純潔，你這個人！」她做出一副不悅的嘴臉：「到底是什麼意思？」

「是冷！你對人總是那麼冷，這正是你的精神，對不對？」

「啊！」她吁了一口氣，又走回來，突然兩臂繞過了我的肩，吻了我一下，又跳開去。

「這樣不冷了吧！」

我捉住她，要吻她。

她掙扎著脫開身：「夠了夠了，今天已經夠了！」

深夜，我送她到她住的旅館門前。

她依著牆壁，我面對她站著。我們說：「晚安！」可是誰都沒有移動一寸腳跟。我看著她迷迷茫茫的眼睛，她也一逕望著我的。

我俯下身，她好像從夢中醒過來，她的眼光中換上了一種陌生的神采，別過頭去。

我抬起頭，她轉回臉，眼光打我的眼睛慢慢地移到她自己的腳尖。

「晚安！」我說。不再看她，轉身走了。

去你的吧！你的驕傲，你的尊嚴，你的大英帝國，天下最勢利的國家，最自私的民族！

*

英格麗的臉上戳了一個窟窿，我是說英格麗的畫像的臉上戳了一個窟窿。可憐的英格麗，蒼白著臉，破著嘴唇，兩眼向前望著，冰冷的。可是你的血管裡流著一半瑞典人的血，爲什麼你沒有瑞典人的熱情呢？

我決心不再見她了，心中非常難過，我不知自己是否愛她，也許這種苦只是因爲自尊心受了戳傷的原故。

然而這是一幅不錯的畫。英格麗的嘴又恢復了原狀。

*

仲馬太太從眼鏡盒裡掏出了她的老花鏡，仔細端詳著。她彎著腰，前進進，後退退，看了半天，然後眼珠打老花鏡框上翻過來問我：「這一幅，你要多少？」

「這一幅是不賣的！」

她挺直了腰板，摘下眼鏡：「不賣？不賣拿來做什麼？」

「這是從獨立沙龍一起拿回來的畫，您不是要看嗎？我就一起拿來了。除了這一幅，您隨便挑吧！」

仲馬太太又戴上眼鏡。

我把帶來的畫一幅一幅地都靠牆立起來。

仲馬太太鴕鳥似地慢呑呑地走過去，看完了搖著頭：「年輕人噢，都學著趨時隨流，畫這些莫名其妙的東西，我還是喜歡那點老傳統，像莫內、賀諾瓦的作品，一看就令人陶醉，眞眞令人陶醉！」仲馬太太縮了縮鼻子，似乎已進入半陶醉狀態。「就說莫內那幅《在花園中》吧，坐著的有個坐著的樣，站著的有個站著的樣，又有花，又有樹，又有男的，又有女的，眞是使人覺得好像自個兒走到花園裡一樣。所謂『置身於畫境』，就是這話吧！藝術欣賞，還不就是圖個心曠神怡？若是一幅畫裡看不出個所以然來，還有什麼欣賞的意義呢？可惜這點老傳統，到了梵谷，已經在走下坡路了，樹也不像棵樹，房子也不像個房子，幸虧還有個花花綠綠的顏色。這畢竟是靠著他那點苦學的根基，才不致被埋沒了。現代的畫家，簡直不能提，大家都爭著搶著地學時髦、學新奇，把那點尊重畫藝的老傳統都丟下不要了。第一天拿起畫筆的人，只要有個新鮮題目，就自覺是個了不起的大畫家了。這哪裡是藝術，這不過是些新鮮玩藝兒罷了。」

我開始收拾不能入仲馬太太目的那些畫。

「我可不是說的您，羅瑞先生！」仲馬太太又彎下腰，幾乎湊到我的臉上來：「你畢竟也是苦習過的，就說這幅吧，」又指英格麗，「就滿有靈氣。要不是臉上的顏色太白了些，可以說已經到了八成火候。可惜您又不肯賣！」

＊

佳琳娜轉了一圈，又回到這幅畫前。

「那些我都看不懂，我還是喜歡這一幅。說眞的，她是不是您的愛人？」

「你爲什麼老問這個問題！坐下，坐下，給您畫像。」

「急什麼！有的是時間！今天不想給您畫。」

可是佳琳娜終於坐在我的凳子上，很有耐心地，一天又一天，吃著我買給她的葡萄。

她愛吃葡萄。買來了，洗也不要洗，就一顆顆地摘下來，往嘴裡送，連葡萄子兒一塊兒吞下去。

我好幾次要求她脫了衣服給我畫，她總不肯。有一天，在她正吃著葡萄的當兒，我俯下身去吻她，起初她一動也不動，低著眼皮，提著她的一串葡萄，好像著了迷一般。我吻她的唇，她的頰，她的頸；忽然間，她起了一陣顫動，丟了葡萄，兩臂繞過了我的頸，竟像一座爆發了的火山。原來佳琳娜是一個這般熱情的女人。

打這一次以後，佳琳娜肯脫了衣服給我畫了。起初還用塊大毛巾圍著，後來就乾脆睡到我的床上來。

我發現佳琳娜已經不是第一次有這種經驗了，我問她這個問題。

她白了我一眼，像個極世故的女人似地說：「問這些做什麼？你還愛吃這些閒醋！」

過了一會兒，她也來問我同樣的問題。

我說：「自然了，我又不是神甫。」

「就是神甫，也免不了這種事的。」

我瞪大了眼睛。

「這有什麼稀奇？這又不是殺人放火的事！」

「在法國是不稀奇的，在中國可著實稀奇呢！這雖然不是殺人放火，可是中國人覺得這跟犯罪差不了多少，平常連談也不敢談。」

「聽說中國的男人，一個人都討上三四個老婆，還說不敢談呢！」

「不敢談的正是這般人！他們都是實行家，是不愛空談理論的。」

「別瞎騙人了，我又不是小孩子！」

我輕輕地吻了她一下。

不知爲了什麼，我心中有一絲兒涼意。我並不是第一次接觸女人，可是卻是從認識英格麗以後的第一次。我仍然老是想著英格麗，即使在我跟別的女人調笑的時候，英格麗的影子也在我的心頭晃動。有時候她那種冷面孔，像一盆水似地把我的興致打下去。我自問：你既然想著英格麗，爲什麼又去跟別的女人廝混？我一時無法回答這個問題，這就形成了一個不大不小的陰影，把我的快樂籠罩了起來。

在我不需要她的時候，她竟也跑了來，佳琳娜，這個不知好歹的女人！我不開門，她就把門擂得震天價響，我聽見呀地一聲，隔壁的門開了，大概是那個女戲子把頭伸出來。

「準是不在家！」舌頭黏著嘴唇，還沒有睡醒的語氣。

「他約我這時候來畫像的。」謊話！

砰地一聲，隔壁的門關上了。

靜默了一會兒，佳琳娜不知低低地咒了句什麼，腳步聲漸漸地下樓去了。

我鬆了口氣。桌上半包菸，一塊麵包，小半瓶酒，兩片臘腸，是昨天買了預備今晨做早餐的，沒有胃口，抽出一根菸吸著，把其他的東西收進食櫃裡去。

坐下，站起，走到窗口。屋頂，煙囪，未完工的半邊牆壁，看不太遠，又走回來，歪在床上。一個裸著的女人橫在我的眼前。又是佳琳娜！

猛力把菸蒂一擲，白色的臀部多出了一個黑疤。蹲下身，心不在焉地補了一塊白上去。丟下畫鏟，砰地一聲，一隻手擂上了床頭的小几，那個小鬧鐘立刻像個小耗子似地溜到地板上，有一塊碎玻璃滾到床下去。

咬著牙，拳頭堵在嘴上，把一股辛酸嚥下去。張開嘴，想喊，但沒有喊出來，眼皮落下來，有兩顆眼淚，熱辣辣地掛著，掛著，一下子流進嘴裡。

「這是什麼生活！」

我好像躺在洞裡，漆黑的洞裡，作著怪夢，夢想著有一線光，從遙遠的，遙遠的地方射過來，我爬起身，向前走，走向那個有光的方向。我追求，永遠達不到的，但是我追求；只要我追求，我就可以不再躺在那漆黑的洞裡了。

其實我什麼也沒有追求，我只不過反抗，反抗繪畫，反抗英格麗，反抗我那可笑的叔父，反抗這個世界，反抗那壓在我身上的一種目不可見的力！

*

吳天有時候來看我，他剛打美國來，發了筆小財，但是也並不怎麼快樂。

我們抽菸，把間小房子燻得像個灶。他坐在地板上，背靠著牆壁，我歪在床上，老姿勢。有時候我們這樣默默地坐個老半天，有時候，他說話，我聽著。

「說實話，我眞想改行！」他把弄著個菸蒂，他的食指跟中指之間，早已燻成象牙的顏色：「你們畫畫，也許有些什麼高尙的目的；我，也用不著裝門面，我只是爲了成名、賺錢。我這樣說話，人家一定把我看成個名利之徒，名利之徒就名利之徒！在我看來，世界上根本就沒有什麼不沾名利的雅士；一心巴巴地望著名利，卻又裝出副清高的臉面，騙別人，還是騙自己？一句話，做這樣的人頂沒意思！我求名求利，我可並不泥在裡頭，要緊的是做名利的主人，可別當他的奴隸。固然啦，我們還沒什麼大名，可是我的畫照樣在大博物館裡掛著。在美國的時候，我一張畫標一千美金，就有人肯出這個價錢。求名求利的人，照樣可以畫好畫，是不是？咱們的畫拿出來，他不得不豎大拇指。」

吳天一伸手，碰上了我的衣櫥。

「你這間房子實在太小！」

我沒作聲。他欠了欠身，做了個手勢，我把香菸丟給他；他又到處摸打火機，我又把火柴丟給他。

「我說咱們的畫拿出來，他不得不豎大拇指。爲什麼？他自己畫不出來。他自己畫得出來，他花這個錢？他又不是傻瓜！可是我還是想改行。說出來也許要挨你的罵，罵就隨你罵吧！有些人把藝術看得崇高得不得了，也許你也在內！笑什麼？你在內不在內，那是你的事，我管不著。在我看來，藝術跟妓女差不了多少。妓女是日子過舒服了，吃飽了，喝足了，才去玩的；藝術也是一樣。餓著肚子的人，你就是不要門票，叫他到羅浮宮逛去，他也沒這個興趣。別打岔，話還沒說完！你想想看，你絞盡了腦汁，費盡了心血畫的東西，叫人家拿著當妓女玩，有什麼意思？要不是我做不了別的事，我早把這一堆髒東西丟進塞納河裡去了。」

他閉上眼，好像我也不堪入他的目了。他一向是個自負的人，我原諒他。過了一會兒：

「給點東西喝，好不好？」

我倒給他一杯紅酒。

「你只有這種汽水？」瞪著眼問我。

一瓶高齓克還剩了個瓶底兒，全倒給他了。

「你覺得我們活著是爲了別人，還是爲了自己？」

還沒等我想出一個合適的答案，又接下去：

「我活著是爲了自己。一個人有一個人的生活，你覺得舒服的，他覺得彆扭。別人的事你管得了嗎？拿破崙跟希特勒就愛管別人的事，把別人攪得一塌糊塗，結果也陪上了自己。這個世界，要是人人都爲了自己活著，也許還可以過點太平日子。你說呢？」

「我覺得什麼都是一樣，不管怎麼做，都有錯兒！我們活著，只是活著，好像不是自己的事兒。我要做我自己的主人，可是我不能。這個我試過，我實在不能！我老是覺得總像有點什麼壓著我，叫我喘不過氣來。有一天我眞想把自己爆了，因爲這實在並不是我自己……」

「哼！」他冷笑了。他是喜歡冷笑的：「喜歡折磨自己的人，總可以找個題目來受折磨。何苦呢！我們不妨設想，活著只是爲了尋快樂，生活不是容易忍受了嗎？古代的羅馬人，是最懂得生活的。他們要喝，就大碗地喝；他們要玩女人，就痛痛快快地玩；他們不管什麼道德呀，健康呀。生命就是那麼回事兒，想做什麼，就做了。這是頂合乎自然的。話又說回來，要是你情願做道德、健康的奴隸，去做你的吧，只要你認爲那是快樂的生活！」

*

我們並肩而行，一個英格麗，一個我。

夜浸濕了塞納河的兩岸。半明不暗的路燈，石子路忽然有一片低下去，那低下去的一片又伸進橋的陰影裡去了。遊艇是一片冷光，在河心上漂著，近來，遠去，帶著一片歡笑聲。有人在樹下彈吉他。遊艇又來了，兩隻電光的眼，向兩岸掃射。中彈的情侶，從彼此的臂膀裡脫出來，發出一聲低低的驚呼，張著嘴，努力想睁開眼來。吉他停了。那彈吉他的人，牛仔褲，黑皮衫，向掃射的艦艇猛吹口哨。站在艇上的戰士，歡笑起來，窺破了塞納河兩岸的祕密。聖母院的影子凝固在那一片綠色的藤蘿上。

在河岸上，在黑暗中。

「我好像老是受著壓迫，我總是掙扎，反抗。你知道我是自幼沒有父母的人，從不知道父母是種什麼滋味；這也好，不知道也可以少一番煩惱。但不幸，我有一個叔叔。」

「爲什麼說不幸呢？」

「因爲我們之間沒有什麼感情。我們之間唯一的關係是建立在訓人和聆訓上。叔叔是一個道學家，他所說的話，都是合乎道德原則的。他一張口，總是叫人應該怎麼怎麼做，不應該怎麼怎麼做。可是，你知道，人總不能像一根拉直的繩子，一點也不准彎曲。我做不到，你做不到，我想別人也做不到；自然我叔叔他也做不到。可是他越是做不到，他越要這麼說，這是令人很難忍受的。」

「你總得忍受吧！」英格麗歪著頭望著我：「他是你叔叔。」

「唉，很難說。從我懂得反抗的時候起，我所反抗的就是我叔叔。我有些作爲是故意做給他看的。這一點，很令他傷心，我不知道是眞叫他傷心，還是傷了他的自尊心。最後的結果是，他不准我進他的門，他不要見我的面。」

「可憐的瑞。」她挽緊了我的臂，頭靠在我的肩上。

「我一點都不可憐，這正合我的意。不願見面的，其實是我，不是他！」

「你一點都不愛他？」

「我不能說一點兒都不愛他，因爲是他撫養我長大的，只是我受不了他！他那種愛人的法子，叫你覺得不是愛，是恨！恨你不能變成他那樣的僞君子！」

「噢，瑞……瑞……」

我們沉在陰影裡，讓靜默包圍了我們。

過了很久。

「我還沒有告訴你，我不全是英國人，我有一半瑞典的血統。我的母親是瑞典人，你不見我有一個瑞典的名字嗎？以前我並不知道，因爲我父親絕口不肯告訴我這些。我的母親一生下我來，就走了，她不是一個人走的。你懂嗎？這也是很難令人忍受的事實，對我，特別是對我父親。我沒有見過她的面，自然我不知道是恨她，還是愛她。別的孩子都有一個母親，而我沒有。這種希望要一個母親的情感，是非常強烈的，所以我不能說全不恨她，我恨她放棄了她的責任。這是一種責任！父母對子女都有種責任！是不是？」

她望著我，好像一定要我同意她的話。她的眼睛、她的臉色都是非常嚴肅的。

「我也不能說不愛她，她畢竟是我的母親。我小的時候，她也曾想來看我。因爲我父親的關係，都沒有成功。我長大以後，有一次背著父親，獨自到瑞典去。因爲我從沒跟她聯繫過，費盡力氣，找盡了關係，才知道了她的地址。

「那天下著小雨。她住在一所公寓的二樓。到了門口，我舉手按鈴，可是我的手抖得太厲害，我不得不停下來。當時我有許多幻想：她該是個什麼樣子呢？她是不是愛我呢？我們見面時該是一種多麼激動的場面呢？但無論如何，我想，她的樣子一定很像一個『母親』。至於『母親』到底該是種什麼樣子，我自然也是莫名其妙的。

「我終於鼓足了勇氣按了電鈴。過了許久才聽到腳步的聲音。門開了，一個四十來歲的女人站在門內，她一手抱一個嬰兒，身旁邊跟著個七八歲的男孩子。她的樣子很平庸，圍著圍裙，臉色蒼白，額上油汪汪的，好像是剛打廚房裡鑽出來的樣子。我想這大概是女傭，我便說我要見某某太太——這裡不必提她的姓名了。我是用英語說的，她聽得懂，但是她好像不太會說英語。她問我什麼事，我一時不知如何解釋，又害怕弄錯了人。她也很奇怪地望著我，等我的回答。我說我主要的是想見一見某太太的面。聽了這話，她忽然說她就是某太太。這一下我倒呆住了，因爲我不曾想到她就是我的母親。當時我的表情一定是很奇怪的，我又一時說不出話來。她好像不耐煩起來，想關了門就走，我不知哪來的勇氣，衝口叫了一聲母親。她怔了一下，好像不意觸了電似地，差一點把那個嬰兒摔了下去。

「她的臉上一連變了好幾種顏色。然後她問我是不是從英國來的，是不是姓米勒，她就很高興地把我讓到房裡去；只是並沒有像我所想像的流什麼眼淚。到了房裡，我才發現原來還有一個不大不小的孩子咬著指頭，瞪著我。看樣子他們的生活過得並不怎麼好。我的母親一直抱著她的嬰兒，另一個要爬上她的膝頭，被她推了下去。她開始問我這，問我那，說得很不清楚。顯然是她已經忘了英語，也許她根本就沒有把英語學好，我又不懂得瑞典語，這是有點爲難的。過了許久，她才忽然想起她在廚房裡燒的東西，大概早已爛糊了。不過見到了女兒，總比廚房裡的東西要緊些，所以她並不惋惜。

「她要我留下吃晚飯，她說不久她的丈夫就要回來，她還要介紹我認識她的丈夫。

「我忽然覺得很冷落，在我們中間是有一大段距離的。她有那麼一堆孩子，而我卻完全不是那一堆中的一個。我便告辭了出來。她留我，我不肯。她送我到門口，戀戀不捨的樣子。如果有充裕的時間，也許眞要掉下眼淚來，可是她的嬰兒忽然大哭起來，打斷了她那戀戀不捨的情緒。分手時，她求我再去看她，當時我也答應了。可是打那次以後，我就不曾再去過。

「現在才知道，我是個沒有母親的人了。我並不是嫌她的樣子不好，而是……我不知道怎麼說，實在不知道怎麼說，她完全不像我想像中的母親！」

她再也止不住她那早已包在眼裡的淚水。我摟緊了她，她哭得像一個嬰兒。

「英格麗，英格麗！」我吻著她，她的頰、她的眼、她的唇，全是一片鹹鹹的淚。

「英格麗，我愛你！」

她並不看我，那穿過我脅下的兩手，卻把我摟得更緊了。

「英格麗，讓我們結婚吧！」

止住了哭泣的顫動，鬆了手，抬頭望著我，十分不解地：「什麼？」

「我說，讓我們結婚吧！」

「你為什麼想到這上頭來？」她用手背抹了抹眼淚，又撩了撩頭髮。

我也不知道為什麼，也許是一個人的生活太寂寞的原故。但我只說：

「我愛你，我求你嫁給我，這不是極自然的事？」

「光你愛我就行了嗎？」

「我愛你，你接受，還有什麼其他問題呢？」我望著她的臉色，沉默了一會兒：

「噢，我懂了，也許你也是有種族成見的？」

她不說話，也不看我，只望著塞納河的流水。半晌，搖了搖頭：「這個我不在乎。

只是你還不曾知道，我是不是愛你！」

「好，這倒是件重要的事！」我把她的臉從河水的方向扳轉過來。

她並不靠近我，卻一隻手支在我的肩上，凝視著我，好像她以前不曾想過這一個問題，直到這一刻才想從我的臉上找出一個答案來似的。

這樣的凝視，眞是令人不大舒服的。過了一會兒，她垂下眼光。

「你不愛我？」我說。

「如果我說是，你一定認爲我答應了你的要求；如果我說不，你是不會相信的，所以我還是什麼都不說。」

＊

有人敲門，我想大概又是佳琳娜，所以也不作聲。過了一會兒，聽見有個人自言自語地說：「不在！」聲音卻是個男的。

我就去開了門，原來是鄭冠宇。這個人是我在一家皮帶廠裡做工認識的。他來法國學文學，學的卻是中國的東西。他自己說，他要寫一篇有關《水滸傳》的論文，換一個文學博士，回國以後好去唬人。可是法國的博士又不那麼容易拿，他已經在巴黎住了五六年，還沒有摸到博士的影兒。因爲我覺得他說話的口氣有點像我叔叔，喜歡說別人的不是，自己可又做不出個樣子來，所以我也很少同他閒扯。我們各人幹各人的活，他糊膠水，我打洞，老闆跟老闆娘切皮子，大家都馬不停蹄地忙活，也沒有工夫瞎聊。

他是學文學的，說是正在趕論文，有點工夫都花在翻字典上，很少到處跑的。現在他站在我的門前，真沒有想到。

我做了個請他進來的姿勢。

一進門，他就縮了縮鼻子，說我的房間裡有一股油漆味。這還用說？調顏色的松節油擺了一屋子。

我請他坐椅子，他客氣，非要坐在床上，把椅子讓給我，我也不去同他爭。

他掏出菸來請我，我就抽他的。

他說今天天氣很好，我說還不錯。後來他掏出錢來，說要還我錢。我這才想起來，上個月的工錢是被他挪用了。現在我正等錢買麵包，正好他來還帳，也免得我再上仲馬太太的門。

他問我這些日子都做些什麼。

我說：「畫畫、吃飯、睡覺。」

他又問我有沒有女朋友，用很幽默的口氣。

我反問他，什麼樣的女人才叫做女朋友。
他說所謂女朋友，自然指的不是普通的女人。
我說：「不是普通的女人，那麼是妓女？」
他聽了一怔，卻又笑著說：「在巴黎，應該玩玩法國妓女，否則不是白到法國跑一趟？」
我問他住的是什麼房子，他說住的房間跟我這一間差不多，也是在六樓。
我問他的門房有沒有女兒，他說有。我說那麼去引誘門房的女兒，不比玩妓女強？
這次他把臉拉下來說，這是什麼話，他可不是這種人！
我再問他，妓女可以隨便玩，爲什麼門房的女兒不可以引誘？
他說妓女是職業的，門房的女兒又不是那種靠這個賺錢的壞女人。
我說，那麼說，只有壞女人是可以隨便欺侮的。
他說，這算不了欺侮，有賣的，就有買的。
我說，對門房的女兒，有引誘的，就有被引誘的。不是一樣的道理，有什麼不可？
他說我這人不但嘴硬，而且有點不道德。
我說不道德就是不道德，爲什麼只是「有點」。

他說，這是客氣。

這倒的確是他的客氣話。

我又問他：「什麼是道德？」

這次他再不回答，站起身來要走。走了兩步，卻又停下來，指著英格麗的畫像說：「這是道德！」又指著佳琳娜的裸體像說：「這是不道德！」

我說：「原來如此！」

他本來開了門要走，想了想，這樣走出去，好像兩個人吵過架似的，下次手頭不方便，倒不好說話了，於是又走到那些抽象畫前指著一幅問我是什麼意思。

我說這是無根草。我們流落在外，不是像沒根兒的草嗎？

他聽了點了點頭，又問我另一幅。

我說這是大門牙，我要嘲笑這個世界。

他又問我第三幅。

我打了個呵欠，沒有說話。

他看了看我，我又打了個呵欠。他說：「你累了，不再打攪了。」

他開門出去，我陪他到樓下，想去順便買一包菸回來。

我早已看見佳琳娜的臉躲在門房的窗幃後面。等鄭冠宇一走，佳琳娜就跑出來。

她說找我好幾天，我都不在。

我說：「不是不在，是不願意見你。」

她嘛起嘴來，很不高興地問：「爲什麼？」

我說：「人家畫畫，你也來打攪，畫也畫不成了，飯也不要吃了！」

她嘛著個嘴，不說話，還是陪我走上來。

一進門，她就不再嘛嘴了。她畢竟不是個可厭的女人。

自然我們又做那些事情。我是這般地禁不起誘惑，我自覺得像個獸了。

我看不起我自己。對於我覺得不應該做的事情，我也曾試著堅持，可是到頭來我總是低頭的份兒。我是一個人，我生下來就沒有這樣堅強的個性，是我的錯嗎？我做了不應該做的事，是不是所有的責任都應該由我負起來？即使由我負起來了，難道就犯了罪嗎？就算犯了罪吧，應該判個什麼刑呢？判了刑以後，這個罪就抵消了嗎？這個責任就可以不負了嗎？如是這樣，還是判個刑吧！如果沒有人來判，就讓我自己來判吧！可是天啊！只要還有人繼續生下來，總不能根除這一連串的問題是不是？

我站起來去拿香菸抽。佳琳娜還躺在床上。我來回地走著，想自己的心思。她的眼珠跟著我轉。我看她一眼，她笑一笑。我走到床前，她伸出一隻手，要我坐在床上，我坐下，她便把一個蓬著髮的頭偎過來，吃吃地笑。這笑聲實在傻得很。

我問她爲什麼老是來找我。

她說：「因爲我喜歡來找你。」

我說：「爲什麼不去找別人？」

她白了我一眼，不說話。

我把說過的話又重複一遍。

她擰我一把，又吃吃地傻笑著說：「因爲我喜歡你呀！」

這未免太肉麻了，我推開了她，站起來，靠在牆上吸我的菸。我仍然看著她。她似乎有點不高興，有一種淒涼的神情劃過她的臉。在這一剎那，我自問：「爲什麼我不能愛她呢？」她又抿著嘴衝我笑起來，我就把這個問題丟開了。

我又拿了一根菸燃著，把先前的菸蒂丟掉。

我問她我們的事，怕不怕她媽媽知道。

她說：「告訴過你，我又不是小孩子！」

我說：「爲什麼不去找一個法國男朋友呢？」

她說法國人也好，外國人也好，對她都是一樣。她又指著隔壁小聲說：「那個女戲子不是有個外國男人嗎？是義大利人，什麼事也不做，就花那女人的錢。那女人實在可憐，晚上演戲，白天做工，一天累到晚，男人不高興了，還要刮她的耳刮子。」

「你哪裡聽來的這些？」

「哼！住在這所房子裡的人，誰不知道？只有你，像個刺蝟，一天到晚就知道悶著頭畫你的畫！」

過了一會兒，見我不說話，她又補充道：「是鮑得埃太太說的，她還說過你呢！」

「說我什麼？」

「她說你，有一個黃頭髮的女人，以前常常到你屋子裡來，也不曉得做些什麼。」

「哼！」我冷笑了一聲。

「我問你，」她又說：「是不是就是這個女人？」她指著英格麗的畫像。

「是這個女人也好，不是這個女人也好，這不關你的事！」

*

雨落在窗上，落在鄰家的屋頂上。天是灰暗的，沒有風，只有沉重的雨聲。多麼煩人的天氣！

我不快樂，其實無論什麼天氣，我總不覺得快樂。我有時候也會笑，也會驟然地麻木在一種愉快的氣氛中。然而這只是一時的、感情的；不快樂卻是理智的、永遠的，好像牢牢地鑲在靈魂的上面。不論誰，生活中都有些或大或小的缺憾。我自然也有許多不滿足的地方，然而這並不是我不快樂的眞正原因。有不滿足，便也有滿足，因此這算不了重要的事。我不快樂是我不知道我要什麼，我不知道我追求什麼，我不知道我活著爲什麼或我爲什麼活著，我更不知道何以這個世界竟像這個樣子，我看到了別人的不幸，便無法爲自己塑造一個幸福的前程；我看到了別人的無意義的生活，便無法爲自己的生活妝點上意義。自從我來到這個世界上，我學到的只是去反抗、去否認，而不是去追求、去肯定。打我叔叔的身上，我好像看到了整個人類過去的文明。他不是一個壞人，但也不十分好；他有很多缺點，也有相當的長處。這本來是極自然的事。不幸的是他有一種麻木的樂觀。他爲自己塑造了一個至善至美的偶像，他自己卻又並不相信，忍不住暗地裡去塗抹上可怕的污穢。他不敢面對那些罪惡的事實，裝作他已有方法把自己從魔鬼的掌裡拯救出來，其實他卻悄悄地匍匐在魔鬼的腳下接受最醜惡的咒語。他明明把自己鎖在一條目不可見的鎖鏈上，卻又裝出一副自由自在的面孔。他不快樂，卻又忍受不了別人揭發他的痛苦。到了最後，他沒有眞正的笑，沒有眞正的淚，好像他只是一個被一種目不可見的力塑成的一個偶像，蹲在這個世界上。「好，你的名字叫做人，你已經有了幾百或幾千萬年的年紀，你就這麼活著吧！」他活著不知爲什麼，他向前走不知爲什麼，他做不了自己的主人。他鎖在一條鏈上還不夠，還要爲自己在地下畫上許多格子，對自己說：「我只得這般走，我不可那樣走！」他自己這般做了還不算，還要勉強後來的人也要照著他的法子做。於是我學到了反抗，學到了否認，雖然我知道我也一樣地脫離不了那條目不可見的鎖鏈，我也一樣地做不了自己的主人。一個奴隸有什麼快樂的呢？這種不快樂，像一塊沉重的鉛壓在靈魂的上面，我不知如何拋卻。雖然我不知如何拋卻，卻阻礙不了我企圖拋卻它的意願。我嘗試去反抗，去否認，我就是嘗試拋卻那一條目不可見的鎖鏈；然而我仍不能得到眞正的快樂。

*

我走在雨中。

有一個女人走在我的身旁，她歪過頭來注視我，是英格麗。

「你爲什麼總不快活？」

「因爲我要拋卻你，我要自由！」

「拋卻我，你就可以自由嗎？」

「我不知道！我所知道的只是因爲你，我受著痛苦，受著壓迫。」

「因爲我愛你是不是？」

「唉！你終於說出這句話來！」

「我終於說出這句話來！你這樣說，好像我以前不曾說過的。」

「我不知道。也許你說過，我不知道。這有什麼用呢？誰都可以說這樣的話。」

「你好像不懂這句話的意義？」

「我是不懂這句話的意義。我只知道，爲這句話，我受了多少苦。」

「我愛你，也就是說，我希望你過幸福的生活，我希望你快樂。如果你愛我，你不這樣希望嗎？」

「光希望有什麼用？希望又不是事實！」

「什麼才是事實？」

「事實是現在所感受的。」

「現在所感受的，就在你感受到的時候已經不存在了，已經過去了。希望才是事實，愛就是造成這種事實的原因。如果希望裡沒有幸福，沒有快樂，這不是眞正的愛！」

「這只是你的哲學，不是我的。在我的哲學裡，沒有幸福，沒有快樂，就像這條泥濘的路，我們走下去，不是因爲它美，不是因爲它舒服，只是因爲我們既然走上了這條路，就只好一直走下去。」

「你這樣想，是因爲你不快樂！」

「在這個世界上，有人快樂嗎？」

「我不知道！但是我們要追求快樂是不是？要製造快樂是不是？」

「你有這個力量嗎？」

「這不是有沒有力量的問題，這是肯不肯做的問題。我們到這個世界上來，不是爲自己，爲自己所愛的人製造快樂嗎？」

「啊？」

「你驚奇了是不是？這沒有什麼值得驚奇的，這只是一種爲人的責任！」

「我們並不曾情願到這個世界上來，爲什麼我們要負這種責任？」

「啊？」

「你驚奇了是不是？這沒有什麼值得驚奇的，這只是一種事實！」

「噢，可憐的瑞，你不過在折磨自己罷了，你說你愛我，我無條件地相信；我說我愛你，你卻從不曾相信過。你總是這麼不快樂！既然我不能幫助你，還是讓我們分手罷！」

「噢，不！不！英格麗……」

*

我走過那個女戲子的門前，門裡傳出一陣爭吵和擊打的聲音。突然門開了，露出那個女戲子的淚臉，她正掙扎著要逃出門來。那個胸前布滿了黑毛光著背的義大利男人卻一把又把她拖了回去。門砰地一聲又關上了。

我走到自己的門口，正要開門，在不遠牆角的黑影裡閃出一個人來。

「噢，佳琳娜，是你！這麼晚了，你來做什麼？」

她不回答，也不看我，只靜靜地側身進房來。

「佳琳娜，這麼晚了，你來做什麼？」

她站在窗前，我沒有開燈，她像框在窗中的一個黑色的剪影。

遠處鐵塔上迴旋的燈光，把她的臉一陣陣地照亮了。

我走近了她，她仍不回頭。我的手扶在她的肩上，才感覺到她的身體在輕輕地抖動。

「佳琳娜！」

她微微側轉了臉，我發現她眼中有些兒淚光。

「佳琳娜？」

「我今天看過了醫生，醫生說……」

「你病了？」

「醫生說，醫生說我有了……」

「什麼？」我的心幾乎從嘴裡跳出來。

瘋狂！瘋狂！這眞是個可怕的消息！我不要！我什麼都不要！

「我有了孩子！」她伏在我的胸前說。

這樣的環境，這樣的時候，這樣的不速之客！我想到的只是一個殘酷的念頭。

「聽我說，佳琳娜，我們不能要這個孩子！」

「怎麼辦呢？」

「打掉他！」

「打掉他……」

「嗯，打掉他！你跟我一樣明白，我們不能有孩子，我們不能結婚，因爲……因爲……我們不能結婚，我們不能有孩子！瘋狂！眞是瘋狂！這會使我發瘋的！你肯聽我的話嗎？對誰也不要說！我給你弄錢，我們偷偷地打掉他！」

＊

也沒有敲門，依哈太太像陣狂風似地捲進房來。她的臉是白的，嘴唇也是白的。我正站在門旁，這就給她一個大好的機會刮我一個響亮的耳刮子。

我摸著熱辣辣的臉，不知說什麼好。

依哈太太已經聲淚俱下地癱在我的床上。

「你做的好事，你做的好事……」

佳琳娜衝進來，拉她媽。眼裡滿是淚，小聲對我說：「我本來不想說的……」

不管怎麼樣，依哈太太是再也不肯動的了。足足哭了一刻鐘，才問我打算怎麼辦。

我說，佳琳娜知道怎樣辦。

她就又盯著佳琳娜問：「說！怎麼辦？我可不願意你嫁給個中國人！」

「是他不願意娶我的。」佳琳娜終於吞吞吐吐地說。

「什麼！」簡直是見了鬼，依哈太太把頭一擺，「好吧，咱們只有法庭上見！」

依哈太太也不是傻子，法庭上能解決了什麼問題呢！佳琳娜也不是未成年的孩子，我又只是一個窮畫家！大不了，把我放在牢裡，而佳琳娜呢？

*

我好像浮在水上，前望是茫茫的一片，後顧也是茫茫的一片，我不知打哪兒來，也不知到哪兒去。但我不得不努力游泳，擺動著疲乏的四肢，張著困頓的眼睛，無方向地、無目的地游！游！游！否則我便會沉下去，沉向一個不可知的深淵。那確是一個不可知的地方，人們一個接一個地到那邊去，卻從沒有一個人打那邊回來。這是一個人們的經驗永遠達不到的地方。不可知、不可解，像張著的一面巨大而黑暗的網，把力盡的人們迎到它的懷抱裡去。

我有一個朋友，突然沉向這一個地方。因爲太突然，使我無法相信，我曾摸過他那尚有微溫的四肢，而他卻已經脫離了這個茫茫無際的水面。因爲太突然，我永不能相信這一點。他微張著嘴，闔著兩眼，看起來他的眼皮很可能隨時會再眨動起來。他的四肢微微蜷縮，卻不僵硬。他正在青春的頂峰，二十五歲的年紀。我自問，到底是從哪一分、哪一秒，間隔了這兩個不同的世界？一個我們稱做「存在」，一個我們稱做「不存在」；一個我們不得不繼續那無意義的掙扎，一個我們又不得不做那永遠的安息。但何處才是溝通這兩個世界的門戶？我的朋友不止一次地在我的夢境出現。他仍是當日的模樣，卻總帶著一種神祕的笑容，好像暗示在我們之間須有一種默契，不去揭發那「存在」的祕密。

在夢境之中，我永不曾自認是在夢中，我想我也是在好好地生活著；只是這生活卻奇異地復活了一個已失去的朋友。夢醒後，我才發現這不過是一個夢，是一個我們稱做不存在的幻境；我的朋友實在已經化做異物。

但是，什麼才是眞實的「存在」呢？是不是有一天，我們會從這個大夢裡醒過來，突然明白這也不過是一個不曾眞正地存在過的「幻境」？想著我失去的朋友，便不能不想起他活生生的形貌，好像他仍然活著，像我們每一個人；不過活在另一個地方，活在一群陌生人之中。那是一群沒有過去的人，他們過著另一種生活，一種我們所無法理解的生活。

我也常作噩夢。在夢中受著痛苦，受著折磨，做我無法抗拒的事，或是做不了我所想做的事。我掙扎，我流汗，當我再也忍受不了那種痛苦與折磨時，便會突然地驚醒過來，獲得一種解脫，一種自由。但是這種解脫跟自由不久便被剝奪了，我打夢魘裡走出來，進入了現實生活，不再承認夢中的痛苦與折磨，便也無所謂解脫與自由了。這時，我開始窒息在另一種壓迫之下，便也祈望著另一種解脫與自由。

我得不到解脫與自由，我也沒有眞正的快樂。就在這個時候，卻又來了另一個遭殃的我，一個帶著新鎖鏈的小生命。

*

我從不曾提了畫，一家一家地到畫廊去兜售過，這是行不通的，我知道。巴黎有好幾萬畫家，誰能憑了慈悲心來買畫呢？

可是我需要錢，立刻需要錢。

我走進了蒙帕納斯的第一間畫廊。老闆是一個五十來歲的矮胖子，禿頂，架著眼鏡。他從眼鏡框上望著我，不等我開口，就直截了當地說：「現在不是看畫的時節，不見我們的畫廊都滿了嗎？」

第二間的是個瘦老頭子，紅頭髮，大板牙，很客氣。看了我的畫，他搓著手，笑著，是一種嘴角、眼角向外機械地延長的笑容。

「很抱歉，一百個抱歉！畫是不錯的，不過我們的畫廊已登記到明年此時，一年以內怕是沒有空額的。」

我說：「我不想寄展或寄售，我想馬上出手。如果您……您覺得有幾幅還過得去的話……」

「噢，很抱歉，一百個抱歉！畫是不錯的，不幸我們的畫廊並不直接買畫。」

第三家、第四家、第五家……畫在手中一步一步地重起來。陽光很亮，照得人有點眼花。額角冒著涔涔的汗珠，嘴唇是乾的，或者無寧說是焦灼的。每走出一家畫廊，嗓子裡就好像灌進了一股涼氣。

坐在咖啡座上，叫了一杯薄荷水。我的腿有點抖，並沒有跑多少路，可是我的腿有點抖。心裡明白：氣餒了！

有一個中年人，隔一張桌子坐著。他望我，我望他。沒有心情，我把視線移到自己的手掌上：情感線、生命線、發財線……可笑的玩藝兒。有一次，一個朋友替我看相。「生命線很長，財源也廣闊，情感線呢？啊，情感線一點都不清楚。你這人薄情！沒有問題，你這人一定薄情！」一隻小蜘蛛從我的髮上垂下，落在掌心，恰恰落在生命線上，把生命線切斷了。討厭的小東西！我一口氣把牠吹去。忽然，我發現有一個人站在我的面前，正是先前隔一張桌子坐著的那個中年人。他沒有看我，他在看我的畫。

「這是你的畫嗎？」他指著上面的一張，就是我稱做「大門牙」的那張問我。

「是！」我又翻開其他的給他看。

但是他只看這一張，看了又看，然後帶著幾分嚴肅的神色說：「您好像不怎麼滿意這個世界，是不是？要是我猜得不錯的話，您好像認爲這個世界是可笑的。您所用的這種鐵青帶紅斑的色調，給人一種很不愉快的感覺。也許這正是您所要表現的，是不是呢？這一筆白色的圓線，叫人想起小丑的眼窩，實在滑稽。您爲什麼又用灰白把所有的主線都覆蓋起來？是墓碑嗎？」

「誰知道呢？也許是墓碑吧，要是您喜歡這麼說的話。我自己卻說它是大門牙！」

「什麼？」

「我說大門牙，就是長在人嘴裡的。」

他一手拊著額，張開嘴，我想他要打噴嚏，誰知這是他的笑，他臉上表情不多，但是他笑的聲音極大，好半天直不起腰來。

「您願不願意有個畫廊負責您的畫呢？」笑完了，他這樣說。

「這是一個畫畫的人求之不得的，怎麼能不願意？」

「好！你知道，我自己就有一間，不大，但是我只要我自己所要找的東西。我看畫，不止是看內容，主要還是看筆力、構圖和布色。一幅眞正的畫，是先有形式，然後才有內容。或者說得更清楚一點，對於繪畫，形式決定一切。這是我個人的意見。好，你的畫，我覺得不錯；或者說得過分一點，它使我感動。但不過只有這一幅，就是你稱做『大門牙』的這一幅。好像你目前的情況，還不能把你所要表現的東西融會於一種形式之中；也就是說你還不能把握住一種獨特的風格。你的才華，只不過是在偶然突現的階段，這是不夠的。一個成功的畫家，得把這種偶然變成一種習慣。你懂嗎？所以說你還得繼續畫一個時期。我勸你，暫時拋開你的內容，大門牙也好，墓碑也好，這是不重要的！你得在運筆、構圖和布色上下點功夫。你能不能預備一點畫，在一季，我是說三個月內，拿給我看呢？怎麼，有困難嗎？」

「不瞞你說，我已經跑了許多畫廊，我急等錢用，我希望能馬上出售。」

「噢，」他翻了翻眼睛，好像在自家腦中打了番算盤，「這眞是畫家的老毛病！好吧，我可以留下這一幅，其他的，」他撇著嘴搖了搖頭。「我付你五萬。我姓巴侯。那邊，我的畫廊就在那個拐角上。你能不能來一下呢，拿著你的畫？」

*

五萬元是不夠的。怎麼辦呢？我可以賣掉照相機、收音機，然後……然後我想起鄭冠宇來。他有錢存在銀行裡。上回他借我的錢，就是因爲他的存款還不到期。

我還沒有找過他，不過我有他的地址。

我敲門，幸好他在家。他正在翻字典，懶洋洋地。他沒有戴眼鏡，好像變了一個人。

「稀客！稀客！」他說著，就把眼鏡戴上了。

他讓我坐椅子，我坐下。他看看窗戶，大概想說「今天天氣好」。我沒有時間閒扯，就開門見山地說：「我有點事麻煩你。」

他怔了一下，問：「什麼事？」

「你能不能暫時借點錢給我用？」

聽了我的話，他顯出很吃驚的樣子，但馬上就換了一副笑容說：「錢麼！你要多少？」

我說：「這次不是買麵包，是有點急用，頭痛的事！」

他說：「什麼事這麼急？你知道，我的錢存在銀行裡，不到期是取不出來的。」

「你不是說過也有臨時提取的辦法嗎？就是要犧牲這一期的利息。利息，我付給你，怎麼樣？」

「倒不是爲了利息，這個……你要多少？」

「你能借我多少？」

「這個叫我怎麼說？還是你自己說！」

「最好二十萬吧！」

「二十萬？」他用力拍了腦袋一掌，這是大出他意料之外的。

我望著他。他沒有看我，眼珠在眼鏡後面一個勁兒地轉動著，好像跟自己說話：

「什麼事，你要這麼多？」

「急事，我已經告訴過你，你一定要知道什麼事嗎？」

「你知道，我也沒有這麼多！」

「那就算了！」我站起身來想走。

他也站起來，笑著，很難形容的笑容，是萬分抱歉的模樣。「眞的，什麼事，這麼急？開盲腸？」

「要是開盲腸就好啦！」

「那是為什麼？」

「你這麼好奇？」

「不是好奇，是關心你呀！」

「好，我告訴你，是為了打胎！」

「啊！」他一手拊著胸膛，打了個冷顫，眼鏡差一點掉下來。

「現在滿意了吧！」

「罪過！罪過！」他看了我一眼，但急忙把眼光掉開，那種速度，好像我是一團火，灼傷了他的神經。「這個錢，我不能借給你！對不起！對不起！」說著他就一手拉開了房門。

*

其實我早想到過吳天，只是他是存不住錢的人，找他是不會有多大希望的。現在是午夜，我還在街上走著，無目的。我踏上一座小樓梯，沒有燈，有一間房門是我熟悉的。我敲門，沒有動靜。他已經睡了？再敲，只有空洞的回音。我忽然想起來，他也許在老地方。

那是一間地下室，很大，有磨光的水泥柱子跟水泥地板，桌子成一線兒靠牆擺著。有一頭沒有桌子，有一個小平台，上面擺了幾把椅子，是給樂隊坐的。平常有一股霉味兒；人多的時候，什麼也聞不見。我跟吳天常常去，肩膀搭著肩膀，也許兩頭再搭上兩個女人，認識的或不認識的，法國的職業舞女，外國來度假的女學生，德國的、英國的、瑞典的、義大利的、美國的……這麼多，全是女人。

「沒有錢吃飯嗎？好，我請你，條件是一個通宵的舞！」

假期，假期，多麼有意思的假期！把瘋狂跟閒散糅合在一起。黑色的金色的髮、西班牙的歌聲、葡萄酒、威士忌、夜的潮濕和涼意。

「我不願意散步，讓我們回去吧，我還要跳！」

「酒，怎麼，還要？」

「誰付錢？」

「管他呢，先喝了再說！」

「來一個『退斯特』！來一個『退斯特』……啊！布阿包！布阿包……」

今晚，我覺得自己有點像個木頭人。我走下那溜石台階，兩壁的石牆上凹凸不平，被人用蠟燭燎了許多奇怪的人像。燈光不太亮，是蠟黃色的，有煙氣從底下飄上來。樂隊在吹奏著「退斯特」，激切、撩撥，像一個人在熱情的衝動下禁止不住的痙攣。人們在舞池中，年輕的，臉上一片紅，眼睛亮晶晶的，兩臂微微地擺，臀部像一個螺旋，左、右、左、右，一條腿提起來，又放下去，接著是另一條腿。矮下去，矮下去，腰，一條雨傘蛇似的，沒有移動分寸，又直挺了起來。那連繫著兩人的，不是手臂，而是兩杜發亮的眼光。周圍的桌子也有些人坐著，瞪著眼注視著池中，喉嚨有點發乾，沒有人說話。我幾乎忘了我是來做什麼的。磨光的水泥柱子，有一股沁心的涼意。煙氣仍然在蠟黃色的燈光下飄浮。

在另一端，我終於發現了吳天，戴著黑眼鏡，正在跟一個黑髮的女人一起伸腿呢！

過了一會兒，音樂停止，談話的嗡嗡聲立刻塡充了音樂所留下的空間。這時，令人感覺到有一股熱氣，跟著煙氣，在這間窒悶的地下室中擴展。有一個女人尖聲地笑。幾個人參差不齊地合唱起〈惹乃冬〉，一支法國村俗的小調。

吳天，幾乎是半個身體掛在那個女人的肩上，朝我這個方向走過來。

不知他在說什麼，那個女人輕輕地打他的臉。他們走過了我，我喊他，他停下，回轉身。

「呀！是你！我以爲你已經忘了咱們這個樂園了。這裡是咱們的樂園，是不是，克拉哈？」他轉身問那個黑髮女郎。「我得給你介紹，克拉哈，這是個倒楣的畫家，像我。不！比我更倒楣。他只是個藝術的奴隸，是不懂生活的。你看，他這副愁眉苦臉的樣子——」

我勉強笑了笑。

「啊，你看，他也會笑呢，眞出奇！過來，羅瑞，來見一見咱們的世界小姐。眞的，克拉哈是參加過世界小姐選美的。是不是，克拉哈？」

克拉哈又伸手去打他的臉，他就趁勢在她手上吻了一下。

「我得給你弄一把椅子，你看，沒有你坐的地方。你要喝點什麼？好，還是你自己去搬吧，反正你也知道地方。」

我到牆角兒裡搬了把摺疊椅來，坐在他們對面。

「對不起！」我向克拉哈道了個歉，便用中國話對吳天說：「我是有點兒急事兒來找你的。」

「什麼大不了的事兒！先喝一杯再說！好，你就先喝我這一杯吧！嘗嘗這個是什麼？看你有沒有這個學問。」

他把他的杯子推過來，我又推開去。

「眞的，別胡鬧，實在有事兒，今天！」

「有事兒也犯不著這麼愁眉苦臉的。克拉哈，你看，他是個不會笑的人！」

克拉哈笑了，笑得很甜，他伸手拍一拍我放在桌上的手。

「小心哪！克拉哈，可不准愛上他！對女人，他頂沒有心肝！」

克拉哈又伸手打他的臉。

「好啦，吳天，放正經點！」我又用中國話跟他說：「你能不能幫我個忙？」

「說吧，什麼事兒？可別叫我跑腿，剛剛跳了退斯特！」

「你手上有沒有錢？」

他沒有說話，就從衣袋裡捏了一把一百法郎一個的銀角子出來，大概有七八個。

「夠不夠？」

我眞要生氣了，站起身來。

他抬頭望著我，摘了黑眼鏡。我沒有笑。

「別生氣，羅瑞！」他終於換了一種口氣說：「眞有事嗎？」

「你能不能出來一下，我有話對你說。」

說完我就走開了。

我先到地下室的門口等他，他對克拉哈不知說句什麼，就站起身，走到我這邊來。

我們一同走出地下室，從那扇半掩的鐵門裡到了街上。這時街上很靜，很黑，很涼。我們並肩前行，只聽到彼此踏在石路上的噠噠聲。

「我需要一筆錢，」我說：「很急！最少也得二十萬！」

他轉過臉來望著我，有一股酒氣跟著飄過來。

「也許你沒有這麼多，我想？」

「你知道，我一直是怕錢壓著的人。不過，說說看，你要這個錢做什麼？」

「佳琳娜，你是知道的，我好像跟你提過她。她是個女人，不難看，她免費做我的模特兒，你懂吧？現在她有了孩子！」

他停下來。黑暗中，我仍可以看得見他眼中的亮光，驚訝的。

「是你幹的嗎？唉，你應該事先小心的，這是很麻煩的事呢！除非……」

「除非什麼？」

「除非你娶她！」

「這還用你說？你想辦得到嗎？我們不是一路人。而且……而且……我並不愛她，她也不一定愛我。只是她不怎麼在乎這個問題，我卻在乎！她並不是個十分討人厭的女人，不然，你曉得，也不會發生這樣的事。難處就是，共同生活，只靠這一點是不夠的。何況，另外一個女人，是我愛的。」

「沒有意義的話！」他又露出那種傲岸不羈的口氣。

「什麼是愛？」他又說。

我望著他。

他沒有再立刻開口，過了一會兒，他才慢吞吞地繼續道：「愛只是種想像的東西，在現實的生活裡是沒有的。我從不相信這種幻想，所以我也沒有這種苦處。」

「我並不想跟你討論這個問題，我要解決目前的困難。我本不應該做這樣的事，可是我管不住自己。這個話我只能跟你說，別人聽了，只有罵我，看不起我，把我看成一個喪德敗俗的人……」

「那麼，你打算怎麼辦？」

「我……」

「既然到了這步田地，你何不就暫且跟她混一陣子？什麼時候煩膩了，照舊還可以各走各的路。」

「你的意思還不仍然是要我娶她？」

「也不一定非用這個娶字，只要雙方情願就成。你知道，法國的法律，如果孩子是你的，可夠你麻煩的。」

「所以我要籌一筆錢……」

「這也是個辦法，只要她願意。將來孩子生下來，你可得負擔生活費。」

「我不是這個意思。我是想籌一筆錢，把他打掉！」

他停了步，望了我足有十秒鐘，才又開口說：「你是不是已經仔細考慮過？你知道，在法國，這是犯法的！自然，有行業的密醫，或是到瑞士去。不過，這總有點冒險。再說，她，你的佳琳娜，是不是同意呢？」

「我想總得同意的吧！別的有什麼法子？」

「這也是一條人命呢！」

「我也想過這個問題。你覺得這個世界是十分可愛的嗎？在我，如果我的父母阻止我到這個世界上來，我絲毫不怨他們。我覺得人生，好像是被別人給硬選定的一條路，不管你情願不情願，只得走下去。要是開始我們不走這條路，也許在走別的，誰又知道呢？」

「可是，要是弄不好，說不定是兩條人命！」

「所以我想多弄一點錢，找好一點的醫生。」

「唉，麻煩！」他搖了搖頭，嘆了口氣。「這是你們的事，我管不著！錢，我明天替你想想法子。」

＊

吳天把我帶到一個法國飯館裡來，這家飯館不大，但是挺講究的。桌子漆成栗子的顏色，上面是棗紅的桌布。臨街的一排玻璃窗，掛著白紗的窗幔，從裡面往外看，仍然一目了然，卻阻住了從外往裡看的視線。沿牆掛滿了自大衛以至畢卡索的各種畫派的複製品，倒有點像個沒有規格的畫廊了。

一個戴眼鏡的老女人，從帳桌上抬起頭來。眼鏡雖然圈上加圈，兩頰卻塗得像猴子的屁股。她一見吳天，立刻就咧開她那乾癟的嘴唇笑起來，顯出非常親切的神情。

「您好，拉保德小姐！」

原來還是位小姐。

「您好，吳天先生！」說著就打帳桌上伸過她那歪扭了骨節的手來跟吳天拉了拉手，然後就喋喋不休地問起吳天的近況來。其實聽他們的談話，才不過三五天沒有見過罷了。

他們談了半天，吳天才想起給我介紹一下。

拉保德小姐好像對我沒有多大興趣，只瞟了我一眼，一齜牙，算是盡了禮貌，就回轉頭跟吳天扯起那看樣子永不會完結的閒話來。

我等得實在有點不耐煩。他們談話的聲浪像一層霧在我的周圍飄蕩。這霧氣似乎愈來愈濃，把我跟現實的世界隔絕了，我全聽不清楚他們在說些什麼，只有一個聲音，好像一種尖銳刺耳的笛聲，在我的耳畔響起來，我有了孩子！我有了孩子！我有了孩子……又有一個鼓足了氣力的耳語：既然我不能幫助你，還是讓我們分手吧！還是讓我們分手吧！還是讓我們分手吧！這強有力的耳語把笛聲掩沒了，於是又是模糊的聲浪的霧。

突然有一個清晰的聲音從霧氣中冒出來，那是拉保德小姐的話：「這就是你的畫款，除去百分之二十五的佣金，還有三十萬。我們老闆說請你把近作再拿兩幅來。」

吳天把錢捏作一把，裝進衣袋裡，朝我睞了睞眼睛。我們告辭，走出來。

「怎麼，你的畫在這裡賣？」

「這裡比眞正的畫廊更賣得上價錢。老闆是個行家，他的主顧也都是識貨的。我這麼說，又好像在替自己吹牛了是不是？」

「有點兒！」

「吹吹牛也沒有什麼壞處，一張畫照賣四十萬！這方面你還得學著點。這是借給你的二十萬。」

說著，他掏出那一把鈔票，從其中抽出了兩張五萬的，把其餘的塞給我。「聽著，這可是借給你的錢，一有了錢就得還我，也不要你的利息。」

「吳天，眞謝謝你，你解決了我的大問題。」

「也用不著謝我，算你運氣，再過兩天，你就是敲破了我的腦袋，也甭想砸出一個子兒來！」

*

我走到樓梯口。

嘈雜的人聲從樓上傳下來。幾乎每一層樓的門都是開著的，人是三三五五地站在樓梯上。站在家門口的人，眼睛朝上翻，低低地談論著。

我急步跑上樓，有一個警察攔住了我。我說我是住在上面的，他歪一下頭，努努嘴，放我過去。

六樓上圍了一圈人，我的鄰居——那個女戲子的房門是大開的。正有一個擔架從裡面抬出來，上面躺著的人，我認識，正是那個女戲子。棕色的髮散亂地披著，臉色是蠟黃的，還似乎透著點青色。

人們讓開一條路，擔架慢慢地抬下去。

人們還怔著眼朝下瞧，擔架轉了幾層樓梯，下面的門有些砰砰啪啪地關上了。這一層的人，從樓梯口縮回頭來，開始紛紛議論：「是不會有救的了……」

「是自殺的呀……」

「自殺的？嘖嘖……」

「用煤氣，門窗的縫裡都塞了東西……」

「……」

鮑得埃太太直挺挺地從女戲子的房裡走出來，後面跟著個警察。她一眼看見了我，回頭對那警察說了句什麼，警察就朝我走過來。

他先敬了個禮。

「您就是羅瑞先生？」

我點了點頭。

「您是，」他瞥了眼手中的一張紙，「您是馬和裳小姐的鄰居？」

「噢，您是說那個女演員？是的。」我還是第一次聽到這個女戲子的名字。

「那您一定認識馬和裳小姐？熟悉她的生活情況？」

「我只能說見過這位小姐。我常常不在家，她也是一樣；甚至我還不知道她的姓名，彼此也不曾說過話。雖說我們是緊鄰，我們的關係不過如此而已；這是巴黎的生活，您是知道的。」

「那她所交往的人，您或者偶然，或者說無心地看到過一些？」

「她似乎有一個義大利的男朋友，這也不過是聽人說起那是一個義大利人罷了，我也並不認識他。」

「這兩天馬和裳小姐的生活有什麼變化？您或者注意到些什麼？」

「這兩天……這兩天……我，很抱歉，我很忙，我差不多全沒在家。」

他好像不怎麼滿意。「好，謝謝您！警察局也許還要請您去一趟，做一做見證。」

「我所知道的也只有這一些，要說的我都已經說了，去與不去其實都是一樣的。」

「這是手續，先生！十分謝謝您！」

他一轉身，又向一個怔著眼看熱鬧的女人走去。

我走向我的門口，鮑得埃太太中途攔住了我。

她的臉比平素板得更厲害。

「羅瑞先生，萬分對不起，」她說話的聲音極低，但一字一字狠狠地從嘴裡斬釘截鐵地迸出來：「您看，爲了這幾間房子，我的麻煩也惹夠了。這間房子，我是說您住的這間，我不想再繼續租下去，也就是說，請您另外找房子吧！對不起！對不起！」

鮑得埃太太說完了，面不改色地挺著腰板挺下樓去了。

＊

我躺在拉丁區的一家小旅館的一間小房間的床上。

這個小房間，長闊都不到三公尺，一個小衣櫥，一張小桌子，一把椅子跟一張單人床，差不多就把房間擠滿了。牆上變黃污染了的花紙，看來令人欲嘔。我所以租了這間房，是因爲它便宜。其實在房荒嚴重的巴黎，這麼一間房也不是容易租到的。

我躺著，外面在落著細雨，天空的顏色像黎明時的海，由行駛的車輛混雜而成的嗡隆，就像連綿不斷的海潮在沖擊，低沉地沖過來，伸展開，沒有一點兒生氣。

巴黎的冬天就是這樣，濕漉漉的，無精打采的，宛如一個生了哮喘病的病人。我倒盼望下一場雪，不幸卻一直下雨，寒冷的雨。

我一連好幾夜夢到故鄉，夢到那些以前認為厭惡，現在卻又感到親切的面龐；我簡直患了懷鄉病。以前我錯估了自己的力量，認為自己是一隻自由鳥，可以到處翱翔，其實那不過是在未出叢林的時候。

不管我能說多麼好的法國話，不管我有多少法國朋友，我總不能擺脫那種異鄉人的自覺。蘋果應該長在蘋果樹上，這大概是命定了的。

我知道一些祖國的消息，他們在劫餘之後，正在和貧苦與災難奮鬥。他們雖然困苦，但有一個光明的未來等待著他們，至少他們可以這麼盼望著。

但我呢？我追求的是什麼？是自由？這自由漸漸地要發霉了。是藝術？這藝術似乎不過是個無底的深淵，只偶然飄舞著幾點燐火而已。於是那種無望的感覺又來了，於是那種擺脫不掉的壓力又來了。我羨慕一個工人，用自己的雙手創造自己的世界；我羨慕一個農夫，用自己的血汗創造自己的生活。而我呢？我憑了什麼來創造我的藝術？我的腦子是空的，因為我看不到廣闊的天地，只像一隻關在籠裡的老鼠無望地掙扎。我的靈魂是貧血的，因為我脫離了那個孕育我的群體，像一片枯了的落葉。我想獨力來創造，可是我所遭遇到的只有羞辱。廣告促成的欣賞、欺人的貨品製造式的創作，就是我所追求的目的嗎？

吳天可以自由逍遙，因爲他不恥於追求名利。不幸，我，卻正是吳天所譏笑的那種典型，企圖在名利之外看到更永恆的東西。托爾斯泰雖然老朽，但是他有一句話至今還很響亮：「只有當您感到心中有一種完全的，重要的，自己明白而人們還不理解的內容的時候，當必須表現這一內容的要求不能使你安靜的時候，那時候才好寫作。」他說的是寫作。在藝術的根源上，文學也好，繪畫也好，音樂也好，雕刻也好，建築也好，舞蹈也好，戲劇也好，電影也好，不都是一樣的嗎？這種對世界的新理解，這種堅韌不撓的持久力的根源，不是懸在空中的，而是需要從土地上，從永不會涸竭的大地的母體中生長出來。我，可憐，我自覺自己不過像一枝插在瓶裡的花，只靠著那幾滴日將乾涸的水分來維持一己的生命。我沒有力量振作起來。我企圖反抗，卻只能軟綿綿地躺在床上夢想。最後的結局只有把自己埋葬在黑暗裡，埋葬在無望的迷霧中。

有一個印象是始終纏繞著我的；那是童年奉了叔叔的命令下鄉掃墓的時候所見到過的一個農夫。在春寒料峭清明時節的晨風中，在陽光普照的麥田裡，有一個拄鋤而立的老人，他向我——一個十歲大小的孩子——謙卑地躬身微笑。他的裸著的臂凸起古銅色的肌肉，他的臉上刻滿了辛勞的印記，眼光朦朧溫順地朝前望著。他背部有點駝，好像背負了太重的生活的艱辛。他是叔父的一個佃農。直到現在，他的形象仍然具體而微地浮現在我的腦中，好像就在窗外，又鋪展開那無垠的大地，陽光、麥田、拄鋤而立的老人，謙和的微笑……如今，這形象幾乎成了我生命中的陽光，因爲這不止是一個單純的農夫，而是生長在祖國的大地上負荷了四千年的文明，也負荷了四千年的病苦的一群善良的百姓的縮影。我努力重新撲捉這個印象，可是我始終沒有成功的表現。在這一幅鮮明的印象之前，總瀰漫著一層灰色的霧氣，把一個和暖的世界跟我隔了開來。迷濛的，迷濛的，又是窗外的細雨，那永不會開朗的巴黎冬季的陰霾。

＊

人生最大的羞辱，莫過於出賣自己的理想。自從受了巴侯先生幾句話的鼓勵，我放棄了自己的感覺，既然自己的感覺是分文不值的，而用心於形式上的表現。我自己知道得最明白，這樣作畫，不是創造，而是在裝飾，像一個油漆匠遵了主人的命令，油漆一間沙龍，或是油漆一件木器。也許還不如一個油漆匠值得自豪。油漆匠是以工作來換取生活，我卻以工作來欺騙世人。

我帶了幾幅畫去看巴侯。他的畫廊正在爲一個剛謝世的叫做克郎加的青年畫家開個展。巴侯似乎很忙，把我的畫匆匆看了一眼，就其中選了兩張，驀然抬頭，我發現在克郎加的作品中，有一幅是我熟悉的。我禁不住走到畫前，這不正是我以五萬元賣出的那一幅嗎？只是在右上角加了幾筆紅色的線條，左下角我簽名的地方蓋上了克郎加的大名！我的心差一點要打嘴裡跳出來。

「巴侯先生，這是怎麼回事？」我的聲音是顫抖的。

「什麼怎麼回事？」他平靜地用他那雙小而藍的眼睛注視著我。

「這是我的畫呀！這是我的畫呀！」

「你弄錯了吧，先生！」

「我沒弄錯！你想想，你不是在一家咖啡店裡向我買去的嗎？當時你還講了一番大道理……」

「這眞奇了，」他冷笑著轉向圍攏來的看畫的觀眾：「這明明是克郎加的作品！你們請看，這不是克郎加的簽名？」

「這是僞造的，巴侯先生，您自己知道！」

「請您收回這句話，先生！」巴侯忽然沉下臉來：「這種無禮的話不是隨便亂說的！」

我想我已經被怒火燒透了，忍不住提高了嗓門：「我一點兒都沒亂說，這明明是我畫的！偽造！騙人！」

「拉他出去！拉他出去！」有人在這樣說。

「我要收回我的畫，我還給你們錢！」

我動手去拉那幅畫。

巴侯攔住了我，冷冷地道：「這幅畫的標價是五十萬，毀壞了您要賠！」

「我有權利收回自己的作品！」我一把推開巴侯，奮力把那幅畫連懸掛的鐵絲一併從牆上拖了下來。就在此時，有人全力打身後揪住了我的衣領，有人把畫打我手裡奪了去。

有人喊：「去喊警察！」

「這是個神經病！」

「瘋子！」

「去喊警察！」

警察還不曾來，在人聲嘈雜中，我已被推出了畫廊，摔在門前的人行道上。接著是我這次帶來的畫，像狂風中的落葉，七零八落地從門裡擲出來。

我眞想大哭，事實上眼淚早已不自覺地流過了兩頰。我爬起身，撲去身上的泥土，這才發現我的手上滴著血，大概是被畫上的鐵絲劃破的。

我撿起了那一堆無意義的東西，向前走，向前走，不再回頭！我希望遠離巴侯的畫廊，遠離這個骯髒的世界。我並不吝嗇一幅畫，我只是不齒這種骯髒的作風，借了藝術的美名，包藏著這許多卑鄙的行爲。創造跟欣賞是爲了什麼呢？爲了去粉飾人性中的污穢？爲了去掩蓋薰心的利欲？爲了去點綴那一副虛僞的假面具嗎？人類明明見利忘義，卻偏偏製造仁義道德！人類明明卑鄙齷齪，卻偏偏高舉起美與藝的旗幟，自以爲是世間最高尚的動物！呸！

藝術啊，你像高懸在藍天的太陽，我曾匍匐在你的腳下，爲你傾倒，爲你著迷，甘心做你的奴僕，而到頭來，我只落得像一個乞兒，一個騙子，受辱而又欺人。但如果眞能沾濡你一點光輝，我仍願獻出我的血心。不幸，我一逕在迷霧中尋求眞正的陽光，我所得到卻只是些虛假的鬼火！現在請你跟塞納河的髒水一起流去吧！藝術呀，藝術，我曾視之如生命的藝術！

我站在藝術橋上，畫打我的手上一片片地墜落，這跟傾倒垃圾有何不同？世間只有一個畢卡索，高懸在有閒階級的客廳裡，而其他無數的畢卡索都隨了塞納河的髒水流去了。

我將要活著像一個簡單的人，一個用雙手的勞動換飯吃的人。一個僧侶若是失去了信心，只有脫下道袍，再從根本上去尋求人生的價値。

＊

佳琳娜的臉黃得有點怕人，我從來沒見她這麼憔悴過。我們從地下鐵道裡鑽出來，立刻在微弱的街燈下查看街道的名字。佳琳娜的母親不知打哪兒弄來這麼個地址。這一帶差不多已接近巴黎的郊區，街道是狹窄的，鋪地的碎石因年久失修已經凹凸不平了。街道兩旁房子的底層，差不多都是些各式各樣的小店鋪，這時早已打烊，二三樓的窗戶裡有的還透出些半明不暗的燈光。

佳琳娜始終沒有開口，今晚她顯得特別的瘦小可憐。

我們走上了一條螺旋式的狹窄的樓梯。計時燈忽然滅了，佳琳娜停下來，抓住我的手。她的手有點黏濕，也有點發抖。

「你眞要這麼幹？」

「不這麼幹，又怎麼幹？」我的心竟禁不住突突地跳起來。

她拉我一同坐在樓梯上。她沒有再開口，可是她的頭不久就靠到我的肩上來。我感到她輕微的震顫，也聽到了她低啞的啜泣。

「你知道這是很危險的。」

「你怕了，是不是？」我的心也緊緊地縮回來。

「是，我怕！可是還不只是這個……」

「是……」

「是他！」

「他？」

「孩子！」

「他還是個沒有知覺的東西呀！」

「可是他是我的……我的孩子……我的孩子……」

她幾乎被她的啜泣窒息住。

「我已經借到了錢，一切不是早已決定好了？」

「不！不！我不要……」

「那你媽媽，你自己……」

「我早知道你不會要我的。我也不怨你，這也不是你的錯。我想我最好還是回到鄉下去，我要留著這個孩子……」

「可是你自己還太年輕，遲早有一天……」

「不！我不能……我不能……」

她站起來，在黑暗中一步一步朝樓下走去。

*

我失去了皮帶廠的工作，我做工的那家皮帶廠關閉了。

老闆是一個四十來歲的浙江人，姓郭，人不高，闊嘴巴，一頭黑硬的頭髮。他十八歲的時候來法國做工，當時攊一個籃子在公園門口賣花生，混了二十多年，到了今天，不但有一家皮帶工廠，在鄉下還置了產業，也實在不容易。

他本來有一個法國老婆，生了兩個兒子，到了兒還是跟一個法國男人走了。不但席捲了他的錢財，兩個兒子一個也沒有留下。郭老闆急得團團轉，又有什麼法子。正在到處打聽消息的時候，法院裡來了通知，不想他的老婆竟先告了他個精神虐待。郭老闆也辯不出個所以然來，就這麼著判決了離婚，外加一筆贍養費，兒子歸女方撫養，生活費用由男方按月支付，郭老闆丟了老婆，一心巴望著留下個兒子，不想到頭來一切都落了空。

郭老闆失望之餘，再打起精神，重整他那家皮帶工廠。這時候由鄉下來了一個女工，帶著一個孩子。這也是一個傷心人，年紀輕輕地生了一個小孩子，跟她一起生孩子的那個男人一抖手走了，再也見不到影子。同鄉的人，不但不同情，反而冷言冷語地傳些閒話。這個可憐的女人在鄉裡蹲不下去，就帶著孩子到巴黎來謀生活。這兩個傷心人，到了一塊兒，倒發生了點同病相憐的情意，不久兩個人就不止是老闆跟女工的關係。這個女人也著實能幹，不但一心一意地跟郭老闆過日子，而且前前後後管理得井井有條，生意一天天好起來。郭老闆嘴裡不說，心裡卻十分感激。何況這個女人又是在他潦倒失意的時候，助他振興家業的，就別有一番說不出來的情意。照理說，兩個人是應該辦個手續，名正言順地結爲夫妻，這也是這個女人所眼巴巴地盼望著的。不幸郭老闆受了一次慘痛的教訓以後，心中乖覺得多了，想著一樣地過日子，何必添這些麻煩，就一拖再拖地不肯辦這樁喜事。

我做工的時候所見的老闆娘，就是這個有實無名的女人。大方臉，大眼睛，粗而挺的鼻子，栗子色的頭髮，闊肩膀，細長腿，比郭老闆幾乎高出一個頭，說話的聲音像悶在甕裡。從外表看，眞有幾分煞相。其實她是個再柔順不過的女人。郭老闆說一是一，說二是二，從不見白過臉。

郭老闆坐在我對面切皮子，兩眼直瞪瞪地望著那架切皮機，好像透過這架切皮機，望著些看不見的東西。兩腳踩得也有點不大對勁兒，有一刀沒一刀地，把一塊大好的皮子切得歪歪扭扭，恐怕難以修出三兩條皮帶來。

看了看牆上的鐘，六點差十分。

「好吧，今天咱們早一點兒下工。」

洗了個手。

「去喝一盅，羅兄！」郭老闆挺愛這道兒。

工廠旁就有一家酒吧咖啡館，我們常去的。

這裡靠著菜市場，來喝酒的多是些扛菜筐的工人，或是扛魚簍子的魚販，還有卡車司機一類的人，因而也講究不起來。門裡門外有幾張桌子，總是空著；櫃檯前的高腳凳子卻是座無虛席。

汽車一停，菜筐子一丟，穿著個汗背心，兩手就腰襟裡抹上一陣，指甲蓋裡還全是黑，行了！

「夥計，來盅什麼！」連高腳凳子也懶得坐，一仰脖子，灌下去了。付了錢，走人！

若是碰到相熟的，就有得磨牙了，什麼工會呀，物價呀，戴高樂呀，女人呀，講不完的題目。不過這得看是什麼時候，下午六點鐘就正是這個當口。

我跟郭老闆一進酒吧，就淹沒在人聲裡了。我們就櫃檯邊擠了個空位。

「你要什麼？」

「我要杯開胃酒。」

「好吧，我也一樣，」他向夥計做了個手勢：「兩杯開胃酒！」

「什麼開胃酒？」

「隨便！」

我還在慢慢地品嘗，郭老闆的已經空了。

「來杯高聶克！你還來點什麼？」

「我夠了！」

「什麼夠了，今天算我請你。再來兩杯高聶克！」

今天郭老闆有點失常，不過他是有酒量的。

他望我一眼，想要說什麼，卻又低頭喝他的酒。

過了一會兒，他說：「咱們那邊坐坐，老站著，怪累人的。」

我端著我的酒，他端著他的，就在靠門口的一張桌子坐下。

他又喝光了一杯高覇克，等著夥計過來。在這個咖啡館裡，夥計已經失去了走出櫃檯的習慣。郭老闆等得不耐煩，就自己跑過去，又端了一杯回來。

他端起杯，手有點抖，但這礙不了他，一口就吞了半杯下去。

「你說一個人，良心要緊不要緊？」兩眼迷迷糊糊地望著我。

這個問題太突然，我摸不清頭腦，幸好他也不等我的答案。

「哼！」低著頭，好像自言自語地：「這都是我自找的麻煩！這個話，我對誰也沒說過。」他又抬起頭來，望著我：「羅兄，咱們是自己人，今天我可要向你說說心裡的話。我十八歲就來了法國，這個你是知道的了。我來的時候，家裡的情形，你可還沒聽說過吧？好，我是柳屯人，柳屯不是大地方，可要是找個十間八間的瓦屋也不難。這是說那些有田有地的。咱們種人家田的，可沒有這麼闊氣，有幾間茅草棚子住著，已經不賴了。一年忙到頭，也難得弄得八成飽；要不然幹麼大遠地跑到人家這裡來？我家裡都有些什麼人呢？我有個媽、有個哥哥。那時候哥哥已經娶了老婆了，我呢，說起來眞沒人信，還穿開襠褲的時候就訂了一門親。原來我有個表妹，是我舅舅的女兒，她家裡日子過得更不行，從小就送到我家來，說是幫著幹幹活，將來親上加親，算是我媳婦。這麼小的個丫頭，能幹什麼活？還不是爲了我家多少還有點吃的，比她家裡強一點！這個丫頭，打小就面黃肌瘦的，我也從沒有把她放在眼裡。那時候誰懂得什麼媳婦不媳婦，看著她在我家吃閒飯，我就老欺侮她。她人是再好也沒有了，不管我怎麼欺侮她，她也不恨。我走的時候，還哭得泥菩薩似的。說出來誰也不信，到了現在，已經過了二十多年，她還在我家裡守著呢！你說說看，這不是害人嗎？」

郭老闆搖著頭，又把剩的半杯灌下去。「你知道，在外國混，沒有什麼；在外國死，可眞不是個滋味兒。人是越老越想家，這裡一攤子，撇得開嗎？撇不開！所以我想，家裡情況也不好，不如把這個表妹接出來，對自己良心也有個交代。外國娘們兒，現在看著好，將來說不定哪一天撅屁股。誰曉得！當時這樣想，就寫了封信，看看她的意思。哪知道正趕上家裡鬧饑荒，我寄回去的錢，也剛剛夠維持個頂起碼的生活。她沒兒沒女，人又往老境裡走，我媽就慫恿她到法國來找我。一下子，眞快，她跟著難民一起到了香港。你說說看，當時一句話，弄成眞！這又是自找麻煩！這邊這個女人還完全蒙在鼓裡。唉，來吧！來吧！也是個良心問題。」

付了帳，我們出了咖啡館。郭老闆走路有點東倒西歪，我扶著他。

「來了也好，」他又說：「來了每天至少可以省五百。外國娘兒們哪裡會做飯，就知道大魚大肉往鍋裡摔！」

「嗯，不錯，一天五百，一月就是一萬多。」

他笑了，但忽然又愁起來。「這個女人也可憐，拖著個孩子！也不能白白趕她走，良心哪！鄉下的地是她的，皮帶廠是她的，都是她的吧！橫豎她也不會開，再把錢買回來！不錯，就這麼辦吧！良心！良心！良心！還不都是爲了良心！」

郭老闆的確是個有良心的人，終於把二十多年不見的未婚妻接到了巴黎。這邊呢？這個法國女人始終蒙在鼓裡。到了這時候，眞是平空一聲雷，萬沒想到這個老實人，還有這麼一下子。靠了良心，郭老闆把一切的一切都留給她，算是報答她這些年來的恩情，自己撅起屁股來走路。自然郭老闆是另外有存款的，不然往哪裡走？然而郭老闆卻萬萬沒有想到，這個女人竟是個死心眼兒，要想拿錢買回皮帶廠是萬萬辦不到了。女人收拾收拾離開了巴黎，卻把皮帶廠頂給了一家家具店，做起家具作房來。

＊

我只能做一點零星的工作來維持生活。天這樣冷，我又住不起有暖氣的房子，沒有工作的時候，我只有買一張車票，鑽進地下鐵裡，一站一站地打圈子。

地下鐵的乘客匆匆地來，又匆匆地去，沒有一個像我這麼悠遊自在的。我願意在哪一站上車，就在哪一站上車；願意在哪一站下車，就在哪一站下車。我坐在一個角落裡，聽著車輪的軋軋聲，眼光在人們的臉上劃過，我所看到的只是一張張沒有血色的冷面孔。他們眼睛很大，但是看不見別人；他們都有頭腦，但看來只在盤算自己的得失。大家在同一個車廂裡共聚一程，生氣無關地，到頭來各走各的路。我感到窒息，幸虧有一個終站，不然如何忍受如此的窒息？幸虧有一個終站，正如人生幸而有一個結局。

啊！快到剎特來了，我應該換車。我走下車廂，在人潮中擠著，又走上另一個車廂。

＊

人太擠，她的髮偎在我的頰上。她回頭向我笑笑，她的一隻手緊緊地捏在我的一隻手裡。

奧德雍，我們下車。她仍然對我笑。我們都沒有說話，並肩走著。國葬院的石階上有些兒涼意，但她的手很熱。她的髮搔在我的頸上，癢癢的。

我們站在她旅館的門前，附近教堂的鐘剛剛敲了十二點。有一點風，並不冷。雖說已經有些秋意，但樹上的葉子還不曾落呢！我吻她，她背貼牆站著，偎在我的胸前，我用我的大衣把她罩住了。有人在我身後的人行道上篤篤地走過去，又有人走過去，又有人走過去，是兩個，低低地呢喃著。我托起她的臉，再輕輕地吻一下她的唇。

「我想我應該走了。」故意這樣說。

她沒有回答，只用兩顆發亮的眼睛看定了我。

我們一同走進了她的旅館。

我從睡夢中驚醒，有一隻手輕輕地拍著我的腿。我睜開眼，房中沒有開燈，但是窗外有一點微弱的街燈隔著窗幃透進房來。她已經穿好了衣服站在床前。

「英格麗！英格麗！」我伸手拉她。

她退後一步，輕輕地搖著頭，注視著我。

「英格麗！」

她仍不作聲。

「英格麗，天還沒有亮呢！」

這時教堂的鐘又敲起來，敲了五下。恐怕還得兩個鐘頭，天才會完全亮起來。

她向前走了兩步，又站回原來的位置。

「起來吧！我想你應該走了。」

「我不走，我是不走的了！我知道你不會趕我的。不是嗎？」我拉起她的手貼在我的頰上，又貼在我的唇上。她坐下來，她的另一隻手插在我的髮裡，她的髮垂下來，癢癢地拂著我的頸。

「英格麗！我從不曾愛過一個人，也沒有一個人眞正地愛過我。我一直是這麼孤零零地、孤零零地……你不知道，一個人沒有愛是多麼可怕的事！我總覺得在這個世界上，我是個多餘的東西，終有一天我會把自己毀了。可是現在一切不同了，英格麗，有你，我會快樂起來，我會有勇氣去克服一切。」

她不說話，只靜靜地望著我，我看不清她的臉，也看不見她的眼睛，不過我感覺到她是在注視著我。

「我一直是那麼孤零零的一個人，太可怕了！英格麗，讓我們一塊兒生活吧！」

突然，她從我的手中把手抽出去，蒙在臉上，好像有一種突發的情感鼓動著她，使她說不出話來。半晌，她放下手，輕輕地搖著頭，沒有看我，好像是自言自語似地：

「這是不可能的！這是不可能的！」

「爲什麼不可能？我相信只要我們相愛，就可以克服一切的困難。」

「我想，你還並不了解我。我是一個女人，我有我的欲望。你只是一個畫家，一個沒名的畫家，你自己的生活都有問題，你拿什麼來養活我呢？」

這話棍似地重重地擊在我的頭上，我還能說什麼？

「我這麼坦白地說，你不會生氣吧？這是現實呀，人又怎麼能長久地生活在幻想裡。」

「英格麗，」我翻轉身來望著她：「給我一年、或者兩年的時間，我會拚我的全力工作，然後……」

「這也是不可能的！我就要走了！」

「你說什麼？」我幾乎從床上跳起來。

「我說我就要走了。我本不想告訴你，但是我想還是告訴你的好，我就要回英國去。」

「這才是不可能的，不可能的！你從來沒有說過……」

「假期已經完了，這還用說嗎？消閒，娛樂，放肆，有時候也會帶來些悲哀，但這總是一個假期呀！這是重要的、可愛的，但不是日常生活的一部分。你會很快地忘記我，我們會很快地彼此相忘，即使來年我們再重新相遇，也許我們已經彼此不相識了。」

「這又是不可能的！英格麗，我不會忘記你；不只是不會忘記你，而是我需要，我需要你的幫助，我需要你在我的身旁，我才有力量面對生活，面對我自己，否則一切都是虛假的。英格麗，不要去，我求你，不要回去吧！」

「這個我做得了主嗎？」她問她自己，其實答案早已經在她的心中備妥了。

她看我一眼，似乎受不住我的注視，立刻又把視線掉開了。

「假期已經完了，這是不可能更動的，無論什麼，都有一個結束是不是？

「我們已經不是小孩子，我相信我們十分懂得生活，不會泥在情感的泥沼裡。生活是由環境跟習慣組成的。情感雖然可貴，可惜在生活中不是十分重要的東西。怎麼？你不同意嗎？」她又掉過頭來望著我，十分嚴肅地。我沒有作聲。「看吧！你是不能否認的。如果我們不懂得這些，我們便沒有資格生活。我們根本不可能給自己，或自己周圍的人帶來幸福。」

幸福！什麼是幸福？我的心忽然沉下去。我想說話，但不知道說什麼好。她伸手撫摸我的臉，姿勢是溫柔的，可是她的手很涼。「有一件事，我從沒有告訴過你，我以爲這是跟你，跟我們的友誼都是不相干的。」

友誼？她說我們的友誼！她的手冰涼，我推開了她的手。她怔了一下，又繼續道：「不過，索性我還是都告訴你吧！打我很小的時候，我就認識一個男孩子。他的父親是我父親的朋友，我們同住在倫敦，時常有見面的機會，或者說得更清楚一點，我們是從小一起長大的。我們之間的關係發展得非常自然，他說他愛我，我也覺得這是理所當然的事，雖然在我們中間從沒有什麼熱烈的情感，像電影或小說裡所表現的那樣。其實明白人都可以懂得，日常生活之中並不需要那種熱烈的情感。我所說的這個人……」

她住了口，站起身，走到窗前輕輕地把窗簾拉開。這時黎明的微光拋在她臉上，她的頰顯得異常蒼白。突然她回轉身，她的面孔又沉在黑暗裡。她的兩手像用了極大的力氣才掬到胸前！

「這個人，」她喃喃地說：「就是我的丈夫！」

說完這話，她好像被一種什麼抑壓的情感所射出的一顆砲彈，衝到床前，擁抱我，用她顫抖的雙臂。她的頰已沾濡了一片濕潤，然而她仍以一種哽咽的聲音繼續道：「現在我完全原諒了我的母親，我終於明白她爲什麼受不了我的父親。你們男人都是自私自利的，完全不了解女人。你們要一個妻子，就只爲把她拴牢了，不准她有任何欲望。你們有你們的事業，把剩餘的一點感情，像丟給狗的一塊骨頭一樣地丟給妻子，就相信你們的妻子應該狗一般地向你們效忠，就用這種信任的鎖鏈把她們鎖起來，然後再板起一副嚴肅高尙的臉，擺出一副好丈夫的架子。爸爸是個好父親，也是個好丈夫，因而我以前從不能原諒我的母親。直到我自己親身體驗到這種情感，我才明白，天下有一種男人，太好，太好了，好得使人無法眞心愛他們……」

「英格麗，你已經結過婚……」

「你不信是不是？連我自己也不信呢！然而這卻是千眞萬確的事實！今天他——我的丈夫就要來巴黎接我回去。」

「英格麗，我眞不懂你，你怎麼能跟一個你所不愛的人一起生活？要是我，一天也不能忍受的。」

「你以爲我不愛我的丈夫？那你就錯了！我關心他，他也關心我。不過……唉，這你是不懂的。女人有許多許多的欲望，一不小心就毀了自己。我完全明白這一點，我是不會像母親那樣傻的。而且我懂得什麼是生活，什麼是責任。我們生活在這個世界上，每個人都有一份應盡的責任是不是?」

「好像以前你也說過這樣的話。」

「這是很重要的,至少對我是很重要的,我有我的喬治!」

「你的喬治?」

「噢,這也是你還不知道的。喬治是我們的兒子,已經七歲了,現在正在兒童夏令營裡。」

*

我忽然發現我獨自一個人走在大街上,差不多是跑著的。我的心被兩隻有力的手緊緊地壓在一起。我想嘔吐,我想狂呼。雖然晨風習習地帶來些涼意,可是我感到我的額上卻淫淫地冒出汗來。街燈仍然在晨曦中閃爍著鬼樣的藍光,遠處有些嘰嘰喳喳的小鳥的啁啾,那黑越越的樹叢,該是盧森堡公園了吧!我加快了腳步,我一定得找一個地方坐下才行,我有一種說不出的要暈倒的感覺。可是盧森堡公園的鐵門還緊緊地閉著。我繞著盧森堡公園的鐵柵欄繼續朝前急走,有些濕漉漉的東西,開始掛在我的兩頰。我好像一個受騙了、受欺了的孩子!誰騙了我?誰欺了我?我們都已經是可以對自己的行爲完全負責任的成年人！東方已經染成橘紅，一部、兩部汽車颼颼地疾馳而過。一個北非人掃著地上的污穢。

盧森堡公園有一個門是開著的了，我一下子就鑽了進去。置身在熙熙攘攘的遊人裡，置身在繽紛的花叢間，置身在八月的夏景中。我獨自佔據了一張綠漆的鐵椅，面對著一張還不曾著色的畫紙。畫什麼呢？畫那淺紅的玫瑰？鵝黃的鬱金香？映在水池中的湛藍的天空？閃爍的陽光？飛翔的鴿子？嬉笑的兒童？還是那兒童的笑聲？是，我要畫那兒童的笑聲。然而那兒童的笑聲在哪兒呢？他們在我的耳鼓裡停了一會兒，又跑到記憶的庫房裡去了。可是我眞想畫那兒童的笑聲。他們追逐著覓食的鴿子、麻雀，笑著！他們追逐著花畦畔的蝴蝶，笑著！他們追逐著水池中的帆船，笑著！朗朗地笑著，不停地笑著！這笑聲凝結在八月的夏景中，凝結在湛藍的天空下。

我繼續呆呆地面對著那張還不曾著色的畫紙。

*

她坐在離我不遠的另一張綠椅上，兩手交叉地輕撫著放在她膝頭的一只白色的小皮包。我注視著她，她注視著奔跑的孩子們。她是透明的，透過了她，我看見了我正在捕捉的兒童的笑聲。

我開始塗了一筆藍，又一筆藍，又一筆藍。然後，那該是些金黃的點子撒在藍色的海洋裡。她站了起來。

「請您等一等！」

愕然望著我。

「請您等一等，我正畫一張水彩。」

「?」不解地指著她自己的胸部。

「是!眞對不起，我忘了徵求您的同意，我畫一張風景，裡頭也有您。」笑了笑，又坐下了。眼睛瞪著我，那笑意還貼在她的嘴角上。

「您看，這是我畫的。」半個小時之後，我把畫拿下來，送到她的面前。

「咦?哪裡有我?」不解地瞪著我。

「我畫的是您眼睛裡的。」

「我眼睛裡的?我眼睛裡的，你看得見嗎?」

「我用不著看見，我想像您眼睛裡有這些東西。」

「既然您只是想像，爲什麼剛才您不要我走開?」

「因爲您一走開，我就沒法想像了。」

「噢，你們畫畫的人，都有點……」她指了指頭，噗哧一聲笑出來。

「您是說都有點神經病，是不是？」

「對不起，我是跟您說著玩兒的。」

「這有什麼關係？人，既然有神經，誰又敢保證自己那上頭多多少少沒有點毛病？」

「您是藝術學校的學生？」

「註過冊，可是還沒有去上過課。您呢？您不是法國人吧？」

「我是來學法文的。」

「巴大文學院？」

「不！在法文協會。」

「所以您常到這兒來！」

「是，我是常到這兒來，您怎麼知道？」

「我這樣猜想的。」

「您也畫人像是不是？我好像在哪兒看見過您……噢，是在聖・米士勒大街上吧？我好像看見過您給一個年輕的女孩子畫像呢！」

「那是爲了賺幾個錢的。您也要畫像嗎？」

「我沒有錢！」

「沒關係，我白給您畫好了。」

「可是今天我沒工夫，」她看了看錶，「呀！糟糕！都過了上課的時間啦！」

「反正過了，乾脆別去了，這麼好的太陽！好天氣應該去散步的。」

「要是天天都是好天氣？」

「那就天天去散步！」

「這樣恐怕我永遠學不好法文啦！」

「在這個世界上還有比學法文更重要的東西是不是？譬如散步……您不願意我們一塊兒走走？」

「到哪兒？」

「那邊，林蔭路上。再過去，往左拐，就是兒童遊樂場。您喜歡不喜歡孩子？」

「女人有不喜歡孩子的？」

「我是男人，可是我也喜歡孩子。您看，這畫的就是孩子們的笑聲。」

她端詳了半晌：「笑聲也可以畫的嗎？」

「為什麼不可以？你看不出這是孩子的笑聲？」

「我？」她又端詳起來：「我還以為這是一張風景，有點抽象。我本來想，這是海，這是些帆船；要不然，這是天空，這是些風箏。」

「可是我畫的是孩子們的笑聲。」

「眞的麼？你畫得很好。我就是不懂，也覺得不錯。」

「那麼這張送給您！」

「送給我？」驚訝地望著我：「眞的？」

「當然是眞的！這本來是您眼睛裡的東西！現在讓我先替您拿著。」

我收了畫架，我們朝林蔭路上走去。

「您在法國很久了？」

「也不過三年多。您呢？」

「我都是暑假來，來學學法文。其實，眞正的原因還是我喜歡巴黎。這裡有很多東西，是我們那裡沒有的。」

「您是德國人？」

「為什麼您想我是德國人？」

「我也不知道爲什麼。也許是因爲您的頭髮是黃的，眼睛是藍的，您身材比法國人高大；也許是因爲一到暑假，巴黎到處都是德國女孩子。」

「眞奇怪，很多人都以爲我是德國人，其實我是英國人；而且我說的法文，英國腔很重的。」

「您幾乎沒有什麼口音；就是有一點兒，恐怕也只有法國人才聽得出來。」

「謝謝您！我眞高興。」嫣然一笑，打白色的小皮包裡拿出一塊疊得整整齊齊的小手帕，輕輕地按了按有點汗濕的鼻尖兒。鼻尖那裡有幾顆極淺的雀斑。「您呢？您是日本人吧？」

「不！我是中國人！爲什麼您想我是日本人？」

「噢！您很高大。我想，中國人普通都是很矮小的。」

「中國的南方人比較矮小，其實日本人普通比中國人矮小。」

「是嗎？」

「我也沒去過日本，我只是在二次大戰時看過不少日本軍人，一般比我們那兒的人矮得多。」

「您是中國北方的人？」

「可以這麼說。一過揚子江，我們就算北方。」

「揚子江是很大的河吧？」

「我想比塞納河大一點兒。」

「只大一點兒？」

「噢，對不起，這一點恐怕是相當大的。」

「我們家有個親戚，以前去過中國，什麼地方我不大清楚，好像是上海吧？您知道上海？」

「知道一點兒。」

「他好像說，中國是個很奇怪的國家。」

「很奇怪的國家？」

「嗯，中國人都很客氣，可是人人都吸鴉片。中國的女人很好看，可是一生下來就把腳切掉一半，好給男人乖乖地關在家裡。」

「不是切掉一半，是用布纏的。」

「噢，那還好一點，可是一定不怎麼舒服。」

「那是爲了美！」

「爲了美?」

「爲了中國過去男人所欣賞的一種美!男人都是很殘酷的，也許中國的男人更殘酷一點。」

「到處都是一樣。這個世界不是還給男人統治著?不然，怎麼會這麼糟!」

「您好像對男人沒有好印象?」

「是男人自己常常不給人好印象。」

「眞抱歉，我也是男人，您這麼說，使我覺得很不好意思。」

「噢!對不起!其實男人也有好的。」

「謝謝!」

「我能不能問您，中國人現在還吸不吸鴉片呢?」

「我想是不吸的了吧!至少，我是不吸的。」

「從前呢?」

「從前……啊，那得感謝你們貴國。」

「您說英國?爲什麼?」

「您不知道中國本來是沒有鴉片的?最初所有的鴉片，都是英國商人打印度販去的。」

「眞的嗎?」

「怎麼您完全不知道?您也不知道中國跟英國的鴉片戰爭?」

「您是說義和拳?」

「不是!這是後來的事。鴉片戰爭是英國爲了向中國強運鴉片而發動的戰爭。不然,英屬的香港,是打哪兒來的?」

「眞對不起,我歷史念得太糟了。而且,平常從來也沒聽人談過這樣的事兒。」

「可是受辱的人是老忘不了的。」

「眞對不起!您看,英國不是也在沒落了?」

「這也怪不得你們!弱肉強食,不是自然發展的規律嗎?如果怨達爾文給了世人這個殘酷的觀念,不如說他道破了幾分眞理!」

「可是我們人得往好處走。不是嗎?我們得打痛苦的經驗裡吸取教訓。」

「但願如此。您一定是個樂觀的人!嗯?」

「可以這麼說。人生不過短短的幾十年,爲什麼去自尋煩惱呢?您看,那些孩子們笑得多好,多快樂!」

我們倚在兒童遊樂場的鐵欄杆上。

「也許人生下來本來是快樂的，後來人們卻自己製造起煩惱來。」

「所以最好是像孩子們一樣，痛痛快快地玩，痛痛快快地笑，然後躺下來作一個美麗的夢。」

她的髮很長，垂在她的肩上，在陽光下閃閃發光。我們繼續往前走去，有幾隻鴿子在我們面前掠過，落在遠處的樹叢後邊。

「我忘了問您的名字。」

「英格麗；英格麗．米勒！您呢？」

「羅瑞！不過羅是姓，瑞才是我的名字。我們中國人的姓都是擱在名字的前邊的。」

「噢，」笑著望著我：「現在我知道您的名字，您的國籍，您的職業，您的……」

「我也已經知道您的這些個。不過，這個在我看來是不重要的。」

「不重要？認識一個人，不都是這麼開始的麼？」

「一般是這樣的。可是眞正認識一個人，名字、國籍跟職業，都是沒有多大關係的。」

「照您說，怎麼樣才可以認識一個人呢？」

「用眼睛，用心。要是第一眼您不認識那個人，您就永遠不會認識他！」

「眞會有這樣的事？」歪過頭來，眼裡閃著些調侃的笑意：「那麼說，您已經完全認識了我？」

「是，我認識了你。我可以稱您『你』嗎？」

「當然！當然！」

「打剛才我第一眼看見你的時候我就認識了你。我不但認識你，我還知道現在你心裡想什麼。」

「我想什麼？」

「你想，你眞幸運，遇到一個這麼可愛的畫家，在這麼好的太陽下，跟你一塊兒散步。」

「眞的，你說的一點兒也不錯。」

「其實，幸運的還是我。我已經走過了東方，又來到西方，你是我所遇見的頂可愛的女人。」

「謝謝你，希望這不只是一句客氣話。」

「你想我是喜歡說客氣話的人嗎？」

「好像不是。我怎麼能完全知道？我還不怎麼認識你。」

「可是我早就認識了你，打幾千幾萬年以前就認識了你。」

「幾千幾萬年前，我們還不存在呢！不用說我們，連我們的祖先也不知道在那兒。」

「存在是沒有時限的。只要你這麼想，你就已經超越了幾千幾萬年的時光。」

「你在作詩。」

「我不會作詩，我只會作畫。什麼時候我一定要給你畫像，畫一張比畢卡索畫的更偉大的傑作。」

「你眞有意思！」

「是嗎？這還是第一次有人對我這麼說。眞的是第一次。別人都說我是個不快活的人。」

「我覺得你很快活。」

「那是因爲太陽！」

「因爲太陽？」

「因爲太陽，因爲這藍的天，因爲這綠的樹，因爲孩子們的笑聲，也因爲你！」

「我有這麼大的力量？」

「因爲你是個快樂的人。」

「你想我是個快樂的人？」

「我第一眼就看出了你的快樂。你剛才坐在水池旁的時候，我看見你像糖一樣地溶在孩子們的笑聲中。其實我尋的是孩子們的笑聲，但我看到了你。你就是那笑聲的具體形象。你的眼睛清清楚楚地告訴我，在你的靈魂中是沒有一點兒陰霾的。」

「那也許是因爲我善於掩藏的原故。」

「是嗎？」

「爲什麼不？憂愁是自己的，快樂應該給予別人，是不是？要是你想使你周圍的人幸福，只有這個辦法。」

「我羨慕你。」

「這沒有什麼值得羨慕的。使你所喜歡的人幸福，是一種責任。其實到了也是爲了自己。旁人幸福了，你周圍的人都幸福了，你還有什麼非要痛苦不可的事呢？」

「可是幸福不是這麼簡單就可以得到的。」

「那得看你對幸福怎麼解釋！每個人常常都有自己特別的看法，是不是？」

「對了，難處就在這裡。」

「可是我是個簡單的人，我所要的幸福，只是不愁衣食，可以跟你喜歡的人生活在一起，然後做點自己喜歡的事。」

「這就並不那麼簡單！」

「也並不怎麼複雜，只要你自己不盡往複雜處去想。」

「唉，英格麗，要是我能像你有多好！要是人人都像你有多好！」

她紅了臉，帶點不好意思的神情說：「請你不要這麼說！每個人都有點長處。其實你自己的長處，也許正是別人所沒有的。」

「我也有點長處嗎？」

「當然！」

「在那兒？」

「噢，」她又一次紅了臉：「這是很難說的。但我知道你一定有很多長處。」

「你說我有很多長處，可是你一項也說不出來，可見事實上是沒有什麼的。」

「你是一個活潑的人，你也是個快活的人，這就是你的長處。」

「你所說的，恰恰是我做不到的。我既不活潑，也不快活！」

「可是現在我看你非常快活。」

「那是因爲你！」

「是嗎？眞不敢想我有這個力量。」

「是，你有這個力量！今天連我自己都有點不再認識我是誰了。」

我快樂，我第一次忘了我自己。我耳裡是孩子們的歡笑聲，眼光便落在她那似乎含了無限歡樂的雙眸上。那裡是一汪藍，透明的藍，像在陽光下發光的海，像清澈無雲的碧空。我自己便是那浮在海面上的帆船，飛入高空的風箏。我忘了我自己，忘了過去，也沒有未來，只剩下一個單純的現實的欲望。要笑的欲望，要大聲笑的欲望，要把心臟爆炸在歡樂中的欲望，要把自我朝無限的遺忘中擴大的欲望。

然後又是孩子們的笑聲，朗朗的笑聲，凝結在八月的夏景中的笑聲。

*

遠處的樹叢還迷迷濛濛地籠在薄霧中。我坐在一把綠漆的鐵椅上，正好躲在一個爲石欄圍成的角落裡。石欄上仍然蒙著一層濕漉漉的晨露。我的頭空洞洞地差不多停留在什麼也不可以思想的狀態，可是兩頰那濕漉漉的東西卻繼續不斷地洶湧著。

「你知道這是很危險的。」

「你怕了是不是？」

「是，我怕！可是還不只是這個……」

「是……」

「是他！」

「他？」

「孩子！」

「他還是個沒有知覺的東西呀！」

「可是他是我的孩子……我的孩子……我的孩子……」

「我已經借到了錢，一切不是都已決定好了？」

「不！不！我不要……」

「那你媽媽……你自己……」

「我早知道你不會要我的。我也不怨你，這也不是你的錯。我想，我最好還是回到鄉下去。我要留著這個孩子……」

「可是你自己還太年輕，遲早有一天……」

「不！我不能……我不能……」

她站起來一步一步朝樓下走去。在快要走出大門的時候，她忽然抓緊了我的手臂，嘴湊近了我的耳邊，暗啞的聲音：「你眞的一點兒都不愛我？」

「我……」

「要是你說不，我是不在乎的。」她的聲音乾澀得令人窒息。「我知道，我配不上你！」

「不是這個，佳琳娜！是……」

「是……我知道，是因爲你忘不了那個女人，那張畫上的女人！可是她並不愛你！」

「不要胡說！你什麼都不知道……」

「我知道，我知道你愛她，你癡心地愛她，愛一個並不愛你的人！」

*

一種絕望的情緒使我幾乎不能繼續呼吸，好像沉進一攤黑水裡，我想我是快死了。已經兩天我躺在床上，沒有吃任何東西，沒有人來看過我，大家都把我忘了。我原是不值得人們憐惜的一個生物。

我不能不懷疑我是不是還是一個活著的東西。爲什麼不是呢？我不是仍然感覺到肉體上的痛苦？我不是仍然可以一幕幕地重溫著那些難堪的噩夢？這一切都肯定了我的存在。是，我仍然是活著的。可是我活著爲了什麼呢？已經有多少日子我不曾再塗一片顏色，我不曾再抹一層油彩！有一個時期，我想我是爲了繪畫而生存的。可是現在不！我是爲了生存而生存。我只是一個渺小的可憐的小生物，像一隻蟲蟻，在不自知中摸索著一條生存的路。

*

我停止了畫畫，我丟掉了皮帶廠的工作，我的生活差不多快要陷入絕境。我不能這麼挨下去，我想起了郭老闆，也許他可以幫我找到一個可以餬口的工作，我決心嘗試另一種生活，另一種可能也是沒有什麼意義，但至少可以給我另一種感受跟另一種經驗的生活。

「羅兄，發財呀！」郭老闆好像比以前胖了，眼裡也好像增加了一些光彩。

「還發財呢？都快餓扁了！」

「你們一張畫一賣就是幾萬，還說餓扁了呢！」

「早不畫畫了！」

「不畫畫了？」

「不畫畫了！」

「其實這樣也好。說句老實話，羅兄，畫畫哪裡是個正當的行道？以前有錢人家弄這些玩意兒不過是爲了消磨光陰，靠著這個吃飯怎行？過去在我那廠裡打過工的，就有好幾個是畫畫的。」

郭老闆這間小客廳空空蕩蕩地只有一張方桌跟幾把椅子。他看見我的眼光向四處一兜，就趕忙笑著說：

「剛搬來，什麼也不曾置辦齊全。彩妹子說這已經好得不得了囉，還是留著錢湊一湊開個飯館子是正理。」

說完，郭老闆就站起來，走到一扇門前，推開一條縫，扯著喉嚨喊道：「彩妹子，來客人了，沏壺茶來！」

他又回來陪我坐。

不久，那扇門一開，彩妹子走了出來。約莫四十多歲，一身黑布褲褂，臉上又黃又瘦，頭髮也有些脫落了，不過前額卻理得整整齊齊的，好像用剃刀刮過一般。她一出門，只掃了我一眼，略微一點頭，就把眼光盯在她手中的茶壺上。一句話也沒說，放下茶壺，一扭身就又走了。

郭老闆望著彩妹子的背影，眼角的兩條細紋慢慢地、慢慢地加深，終於形成了一個十分滿足的笑容。

「這是吃過苦頭的了！」

我不知道他是不是眞正喜歡這個女人，他的表妹，他的一別幾十年的掛名妻子，可是至少他自己所謂的良心現在是安定了。也許，更重要的是，打這個女人的身上，他嗅到了幾分故國泥土的氣息，喚回一些兒失落的舊夢。人活著，最要緊的，得需要先肯定自己。

一片飄在半空的落葉，除了夢想那搖曳在枝頭的日子，還有什麼別的生活的意義呢？

「待會兒，你就在咱這裡吃便飯。彩妹子不會做什麼好菜，可是家鄉味，你得嘗嘗。」

「謝謝！」我趕緊說：「我不想打擾你。我是來問問你知不知道有什麼地方可以幫幫工，混口飯吃。」

「幫工？有！有！有！老田哪，我的老朋友，賣豆芽菜的，正要找個幫手呢！」

＊

生活眞是不怎麼眞實的了，特別是我在那潮濕而陰暗的地下室裡工作著的時候。我的工作是把生好的豆芽打水裡撈出來，漂去綠豆皮，然後濾去水，裝進麻袋包裡，然後就跟一個叫約翰的法國人一起送豆芽。他管開車，我管送。主顧多半是中國飯館。至於生豆芽，那是老田自己的工作，他多半是在夜裡搞，機密得很，生怕別人學了他的法子去。

這間生豆芽的地下室，黑暗、潮濕，只有一只四十燭光的電燈泡懸在低矮的天花板上。有一個小窗戶，朝一條小巷子開著。窗戶朝街的一面剛剛比地面高了一點兒，所以我蹺起腳來的時候可以看見街上行人的腳部。但也只能看到行人的胸部，因爲巷子很窄，視界是無法向更遠、更高處擴展的。有太陽的時候，時常有一隻黑貓蹲在小窗戶外頭舐牠的皮毛。我彎著腰，用一支細鐵紗的籮筐把漂在水面上的綠豆皮舀出來。天氣冷的時候，涼水冰得兩手發麻。水裡有四十燭光的燈泡的淡黃的光，也有我的黑色的影子，全是破碎的。這時候，我的腦子空空洞洞，只偶爾閃過幾片顏色，幾聲笑語，都好像些久遠的陳夢，碎片似地零落在記憶的古道上。

生活對我是漂漂浮浮地，好像那些漂浮著的綠豆皮，沒有一個一定的著落。我有時候也會忽然想到我自己，但越是當我仔細思考的時候，就越覺著胡塗。我到底是個什麼人呢？是個畫家嗎？我本想早就厭透了，可是又時常地禁不住把著一枝畫筆發怔。我是工人嗎？我原以爲這是個相當神聖的職業，不幸到了這時候，我的身體禁不住痠痛，腦子也爲這些單調而機械的活動痛苦起來。

老田是個十足的老粗，沒成家，一個大字不識，可是脾氣火爆得很，動不動就罵人。他老說我是個讀書人，他得敬我三分，事實上嘴裡仍免不了不乾不淨的。我呢，我只假裝沒聽見。我幹我的活，幹麼惹這些閒氣！老田也有他的一堆三朋四友，一張嘴就是「媽的×」，他們最感興趣的就是朝別人身上吐唾沫，要不然就是拿個胡蘿蔔夾在兩腿裡朝別人臉上戳，然後他們就笑個天翻地覆。只有一個在飯館裡幹跑堂的十八九歲的大孩子叫做歪子，是個老實的。他是老田的同鄉，剛打香港來了不久，人很斯文，動不動就臉紅，倒也念過幾天書，下工後老是抱著本武俠小說啃。他常來老田這裡，不認得的字就來問我，成了我唯一可以談談的朋友。

可是他們都比我快活。要是我也像他們一樣，沒有受過什麼教育，每天說說粗話，笑他幾場，也好打發日子。不幸我又多了一份矜持。骨子裡我明明曉得，我們都是一樣的賤物。人，不是賤物，又是什麼呢？

＊

雨，又來了。巴黎的雨，像絞不盡的絲。腳是濕的，心也是濕的。我走在聖・米士勒大街上。街燈已經不知在什麼時候亮起來了。不知不覺地，我停在一個櫥窗的前面。是幾個中國字引起了我的注意。中國字！啊！中國字箭似地射入我的心中。那不肯自認的鄉愁，突然間又從心的底層浮了上來。然而這不過只是幾個不是中國的中國字：「日本浮世繪」。

「是打東京來的？」

我回頭，一個陌生的女人站在我的身後，抿著嘴，微微地笑著。

「不！我是中國人。」

「中國人？」她略顯驚訝地上下打量著我。

「不像嗎？」

「你們東方人長得都一個樣：中國人、日本人、越南人，長得都差不多，不是嗎？」

「就像法國人、德國人、英國人長得都差不多一個樣。」

「那才不一樣呢！」又上下打量了我一回：「您眞是中國人？」

「您想我是冒牌的？」

「我是說，中國人，對我有點特別。我從前的未婚夫就是個中國人。」

三十來歲，削瘦的臉，沒有唇膏，也沒有脂粉，衣服是深藍色的，只在右襟邊別著一枚閃光的可能是假寶石的別針。妓女？打野食的獨身者？好奇的家庭婦女？傷心人？

「啊！倒是巧得很呢！現在您的未婚夫呢？」

「噢，噢，那是很多年以前的事了，現在誰知道他在什麼地方！」

「可是您還記著他？」

「是！我是永不會忘了他的。我現在，唉，都是因爲他的原故，我才……唉！眞是對不起，女人都是很多話的。您是不是有時間……」

「我？時間雖然對別人很値錢，可是對我算不了什麼。要是您高興，我們可以一塊兒走一走。那邊，或者是那邊，悉聽尊便。」

她瞟了我一眼，就撐起手中的那柄黑色的小傘來。

「中國人的心是不是都是很硬的？」

「法國人的心是不是都是很軟的呢？」

她笑了。她並不難看，不但不難看，而且有幾分姿色，特別是她的牙齒，白得有點誘人。

「他是學數學的。我們相遇的那年，我只有十八歲，他二十二歲，我們都太年輕，不懂事。我們一相遇就彼此相愛起來，愛得很厲害，在這個年紀。我們原本打算一輩子生活在一起的。我甚至願意跟他到中國去。」

「中國很遠呢！」

「遠有什麼關係？爲了愛，再大的犧牲都可以的。可是後來他的父親知道了我們的事，他不知道我是個什麼樣的人，他又絕對不准他的兒子跟一個外國女人結婚，就硬逼著他的兒子回國去……」

「他回去了？」

「自然回去了。」

「您的未婚夫一定是個孝順的兒子。」

「聽說你們中國人都是孝順的兒子，無論什麼事兒，兒子也是不能反對父親的命令的。」

「那也不見得！」

「可是他，我的未婚夫確是這樣的。我知道他愛我愛得也很厲害，他還是不能反抗他父親的意思。他甚至於沒有告訴我眞話，就偷偷地走了。」

「回到中國去了？」

「誰知道！大概是香港吧，他是打香港來的。」

「以後您再沒有他的消息？」

「沒有！什麼也沒有！連個通訊的地址也沒有。這已經是很多年以前的事。」

「不過您老是記著這件事？」

「第一次的愛情，那個年紀的愛情，是一輩子也忘不了的。我，不是個很強的女人，從此以後，我就成了個很可憐的人。」

「您以後沒有遇到另一個您愛的人？結婚，譬如說？」

「結婚？那又有什麼意思？我說我是個可憐的人，是因爲我無法再愛上另一個人。您懂不懂？要是您眞心愛過一個人，這一輩子就算完了，您注定了做這種愛情的奴隸。所以最好一個人還是誰也不要愛！」

「所以您現在誰也不再愛了！」

「不錯，我現在是誰也不再愛了，困難是我又受不了獨自一個人。我不能不……有時候找幾個朋友……我……我有過很多的朋友……您懂嗎？好像您，好像不論誰……對不起，我的意思並不是說不論什麼人。您是很漂亮的，這就不同了，女人都是喜歡漂亮的男人。我可以喜歡您，行嗎？」

「您自然有這種權利。」

「啊，謝謝您。我剛剛說我有過很多朋友，很多……您懂不懂？也許您覺得這是很不好的，不是嗎？我可不在乎這些個。人，爲什麼不能多有幾個朋友呢？譬如說，您願意不願意來呢？今晚，到我家裡？」

我停下來，略感驚異地望著她。她眼裡全沒有那種職業性娼妓的誘人的狡猾，她眼裡只有一種令人難以捉摸的神情：悲哀？冷漠？我分辨不清。

「您願意不願意來呢？」她又重複了一句。

「我？……」

「您也許想我是個妓女吧？」

「我什麼也不能想，我完全不認識您。」

「我也完全不認識您。我只是覺得您很親切，您又像個好人。您是結過婚的吧？」

我搖了搖頭。

她忽然挽起我的臂來。

「我們是很自由的，是不是，你說？」她忽然改用暱稱的「你」，而不再用「您」。

「當然我們都是自己的主人！人不應該做自己的主人嗎？」

「你來是不是？」

「要是您願意。」

「你為什麼說您？」

「因為我還不怎麼認識您。」

「你們中國人都是很愛講禮貌的。可是你應該知道認識一個人不是時間的問題，而是這裡的問題。」

「哪裡？」

「這裡！」她指著她的心部說。

「要是您高興，我就也說你。」

「你眞可愛！」她笑著吻了我一下。

＊

我非常吃力地爬上一張很長，很長，長極了的梯子。這張梯子通到二層樓的一個狹窄的梯口。好像有種彈簧似的震顫的聲音嗡嗡地在我耳旁響著，我心中非常不安，這張細長的梯子會不會在我的腳下突然斷爲兩截？它的確抖得厲害。我吃力地，但加快了速度往上爬。梯子越來越長了，好像在我往上爬的同時，它也不停地往上伸長上去。可是，我終於爬到了那個狹窄的梯口。我伸上頸去，啊！一個灰白的房間，沒有窗，也沒有門，但卻不知被哪裡來的光線映得白慘慘的。房中沒有一個人，全地鋪滿了乳白色的煤渣。爲什麼是白的呢？我不懂，我說是煤渣，因爲我想這是些煤渣，不管它的顏色如何。大塊的簡直像些岩石，嶙峋地密密地鋪滿了一地，沒有給人插足的餘地。我是再也上不去的。突然，有一個笑聲，咯咯地不知打哪兒傳來，轟轟隆隆好像在大教堂裡所聽到的那種回聲。這幾乎不像人的聲音，但我又確知這是英格麗的笑聲。是英格麗的笑聲，的確是她，是她！她在哪兒呢？這笑聲似乎是打我腳下送上來的。

原來不是什麼笑聲，而是那張細長的梯子的不勝重負的咯吱咯吱的呻吟。不好！梯子要斷！不好！不好！不好！轟隆一聲，我直跌了下去。

睜開眼睛，我睡在床上。從對面拉起的窗簾的隙縫裡射進來一點兒燈光。我這是在哪兒呢？我翻身，被單緊緊地絞在我的肩頭，我滿身都汗濕了。我努力抽出壓在身下的一大半被單和毯子，我竟是赤裸裸地睡在一張我不認識的床上。在同一張床上，在我伸手可及的地方，還有另一個人裹在毛毯裡，發出十分均勻的呼吸。

我忽然明白過來。可憐的女人！可憐的我！我們剛剛相遇，半個小時以後，竟像兩隻飢渴的獸似地絞纏在同一張床上了。沒有愛情，甚至於還並不完全相識。是的，我們是獸。她需要一個男人，而我，一個女人，別的都是不用計較的了。我們是自由的，就像她昨晚所說的一樣。

我們眞正是自由的嗎？自由得像兩隻生活在原始森林的野獸，沒有現在，沒有未來，只有眼前的那一剎那的現實？我眼裡有些熱辣辣的感覺。我咬緊了嘴唇，不然我會叫出聲來的。我抽開裹在身上的毯子，兩腳慢慢地踏在地毯上。我輕輕地走進浴室，隨手把身後的門牢牢地關上。扭亮了電燈，我聽到一聲抑壓不住的抽泣，急忙把手掌堵在嘴上。在面前的鏡子裡，有一張扭曲了的臉。那就是我嗎？蓬亂的頭髮，紅腫的眼，兩隻像要插翅高飛的耳朵。隆起的喉骨上上下下地動了幾下。忽然我看見鏡子下面有一把剃刀，是女人刮腿毛的那種。拿起來，舉到眉際，慢慢地滑下，經過鼻梁，經過嘴，經過下巴，停在喉骨那裡。我的手慢慢地加力，有一點紅的漿液流出來。剃刀咯噠一聲落在臉盆裡。那張扭曲的臉上露出了一種鄙夷的笑容。我洗去了那一點兒血，塗了一點油，血就止了，連痛的感覺都沒有。張開嘴，好像有些什麼在胃裡翻騰。我想吐，可是什麼也沒有吐出來；這只不過是一種感覺。我眞不明白，我什麼也沒有丟掉，什麼也不曾得到，我還是原來的我，可是我竟忍不住那種衝心的噁心。「什麼是愛情？愛情就是性交！」這是吳天的話。有一次我走進他的臥室，在他的床頭赫然高掛著一張放大了的男性性器的相片。「這是我的神。」他神色自若地說：「你有沒有看過郭沫若那篇釋祖的文章？祖者，且也；且者，男人性器也。我們原是一個崇拜性器的民族，我不過是在發揚我們的固有文化罷了！」可是我竟眞想要吐了。我病了？我把手放在額上，一點兒也不熱。然而我的心跳得很不平靜，我的胃部絞動著。要是我像吳天有多好！他達觀、放蕩、任性所爲，什麼也不在乎。我呢，我本想已經掙脫了成俗的網羅，然而我仍然被些什麼無形的東西緊緊地縛著手腳。我要做我自己的主人，但剛剛好像自覺自主地做了一件事，又忽然發現主使的其實並不是我自己；我自己不過仍是一個被動的奴隸。好像有很多比我自己更強、更有力的東西壓迫著我，支配著我，強使我做出些莫名其妙的事來。是我特別軟弱呢？還是人本就是一種軟弱的東西？然而這個軟弱的生物，不是已經走過了幾萬萬年的路程、創造了好幾千年的文化？不知有多少次，我自己問自己：「你是誰？」「我是一個人！」我自己這樣答道。「人又是什麼？」「人就是那摸索了數萬萬年的可憐的生物。」但到底這算不了一個答案，因爲我還是不明白人是個什麼東西。我所看到的只是人的可憐，明明帶著種種缺陷，卻又企圖追求完美。明明自知在廣漠的宇宙中佔據一個毫不足道的地位，卻又常常自傲地鄙視一切。我曾經打心底裡瞧不起我的叔父，可是我自己又比他強了多少？我也曾這麼想過：既然我不明白人到底是什麼東西，爲什麼我不能拿我自己來創造一種樣子呢？難道我不能根據自己的意想把自己塑成一個理想的典型，就像我把顏色跟線條塗在畫布上一樣？後來我才終於明白過來，這是完全不可能的！人根本就不知道什麼才是理想，或者說根本就沒有理想！我們認爲是理想的，到後來才發現只是些可怕的鬼影。我的畫是憑我一時的高興塗成的，也許這所以塗成如此這般而不是別種樣式的動機，根本就不是來自我的意願。我們身不由己地做著這樣那樣的事情，有時我們以爲是出於我們的自動，其實我們根本就做不了自身的主宰。我們不過是些可憐的小小的生物，受著一種不可知的力量的支使，走向一個同樣不可知的歸宿。

*

我默默地工作著，似乎已漸漸習慣了這種只用體力的單調的勞動。老田他們不管是不是有點蠢，但總比我快活得多。爲什麼我不能像他們一樣呢？爲什麼我不能拋棄那些知識分子的胡思亂想，只單純地用我的雙手來創造一個簡單而可以自我滿足的生活呢？如果說思想可以給人帶來快樂，但同時也帶來痛苦和迷惑，也許這種痛苦跟迷惑且遠遠地超過快樂之上，那麼，最好還是不要思想吧！我應該像老田跟他的朋友一樣勞動，一樣說些粗話，一樣尋些簡單的肉感上的快樂，然後一樣呼呼地、坦然地安睡。

聖誕節的時候我有兩日假期。老田他們是不過聖誕節的，不過是入鄉隨俗，不得不停兩天工，也借此尋些個人的快活。我呢，自然也沒有聖誕節可過。我差不多已經沒有什麼來往的朋友。自從我像老鼠似地縮在自己的洞裡，孤獨地啃食著自己的悲哀，過去的朋友都漸漸地斷絕了來往。其實這種往來的斷絕，是要由我自己負責任的。我既然看不起自己，我怎能還看得起別人？我從自己的身上看出了別人的短處，也從別人的缺點中發現了自己的卑賤，所以與其周旋於稠人廣眾之中，還不如遠遠地、深深地苟活在自己的洞裡好些。不過，我倒是跟老田他們接近得多了，老田似乎也漸漸忘了我的知識分子的身分，對我說話也就不再像以往似地那麼拿腔作勢的了。有時候在粗話裡也夾些不乾不淨的咒罵，像對他那夥子的朋友一樣。因爲我一時找不到同樣的話來相應，心中便不免有些懊惱。

「老田叫你去喝一盅。」聖誕節的前夕歪子來跟我說。

＊

有一次歪子來找我，我想又是要問我武俠小說裡的問題，不是！他什麼也沒有拿，臉黃黃的，顯出很疲倦的顏色。我叫他坐下，他剛坐下，又站了起來，剛站起來，又坐下。

「什麼事兒？歪子？」

「我想，我還是回香港去。」

「爲什麼？你不過剛剛來了不到一年！」

「我在香港待不慣，到法國還是一樣待不慣。」

「久了就慣了。」

「越久越不慣！」

「這是因爲這兒你沒有家裡的人。」

「我在香港也沒有家裡的人。」

「那爲什麼要回香港？」

「那邊有朋友。」

「這裡不是也有朋友？老田不是你的朋友？」

「老田？嗯，他，他不算是個朋友。」

「爲什麼不算朋友？他待你好像不錯。」

「你不認識他，他是個色鬼！」

「這是他的事。他待你不錯是眞的不是？」

「就是因爲他，我更不想在這裡待下去。你知道，在這裡，只有老田我最熟，他是我的同鄉。可是你不知道，沒有人，我不敢去他那裡。」

「這又是爲什麼？」

「他是個色鬼。我要是告訴你，你不會笑我吧？我是拿你當個朋友的。」

「你要是怕我笑，那你還是不要說吧！」

「不！不！」他看著自己的腳尖，臉上一陣紅：「我不能再憋在心裡！要是老這麼憋著，我覺著好像犯了罪一樣。你知道，我剛來法國的時候，人地生疏，就認識老田一個人。他待我也眞不錯，我沒地方住，他要我住在他那裡。我們一塊兒吃飯，他也不要我拿錢。可是你知道他的目的是什麼？」

「我怎麼知道！」

「他要我陪他睡覺！」

我笑了。「你又不是個女人！」

「就是這個叫人受不了，所以我才想離開他。可是他不是個壞人，他對我也眞好，我不好意思完全不理他。」

「你不肯，他也沒有辦法。」

「我也不願意得罪他，所以我想最好還是回香港去。」

「你想回香港，就爲了這個？」

「不止這個，還有別的！」

「別的？」

「嗯。香港雖然也有外國人，可是中國人很多。這裡我不知道爲什麼，我也不知道該怎麼說，我只覺得好像活在夢裡，什麼都不是頂眞的。」

「怎麼不是顛眞的？還不都是一樣的人嘛？」

「不！不是！這裡全是外國人，好像只是夢裡的人。眞的人怎麼能都是這種樣子？眞的事又怎麼能都是這種樣子？」

「哪種樣子？」

「一種我說不清楚、我弄不明白的樣子！」

*

老田家裡我是去過好幾次的了。一間臥房，外加一間小廚房，除了髒亂之外，還缺乏光線；白天若待在屋子裡，也不能不開著電燈。他賺的錢也不少，可是從來想不到改善一下他的居處。今天除了歪子以外，還有兩個老田的朋友：一個是在皮貨廠裡做皮包的老周，一個是在飯館兒裡掌勺的老董。老董現在正在老田的廚房裡忙活著。

「今天吃老董的。」老田向大家擠擠眼睛說。

老周躲在一個角落裡嘰嘰地笑。

「人家過聖誕節都是一家團聚，」老田又說：「咱他媽的連個家也沒有。」

「有的是法國娘們兒，去弄一個來呀！」老周又嘰嘰地笑起來。

「法國娘們兒咱們不敢要。你不是在家鄉還有個老妹子嗎?什麼時候接出來,給咱做老婆好不好?」

「滾你媽的蛋!」老周仍然嘰嘰地笑著:「你自個兒有個黃臉婆在家鄉擺著,幹麼不弄出來呀?」

「還不早給別人幹啦!」老董在廚房裡吆喝出來:「老田不想戴這頂綠帽子!」

「你他媽的老婆才給別人幹了呢!」老田站起來,臉漲得通紅。

「咱他媽的根本就沒老婆!」老董又在廚房裡吆喝著。

「你姘的那個黃頭髮娘們兒!不算你的老婆?」

「那哪裡算?誰有錢都行!不信你去試試看!」

「唷唷唷!咱們不是大師傅,哪來這多洋錢?」

老田齜著他那黃板牙笑起來,一面又向大家擠眼睛,放低了聲音道:「待會兒吃老董的!」他指指桌上放的個木頭盒子對我說:「你也來一份,歪子不會!」

「是什麼玩藝兒?」

「麻將!」

「麻將,我也不會。」

「又是三缺一，」老周說：「幹麼不押寶呢？熱鬧！過癮！歪子也可以來一份。」

「押寶就押寶，能吃老董就行！」老田說。

「押寶我也不會。」

「押寶他也不會！」老周指著我笑得前仰後合。

「這個一學就會，咱們教你，只是輸急了別叫媽！」老田一面說，一面鑽進廚房裡去幫老董做飯。

老董的手藝眞不錯，紅燒雞燒得是眞香。老田的豆芽，他也能做出好幾種樣子來。老周帶來的五加皮，老田買的紅葡萄酒，頂賤的一種。

老田的酒量頂呱呱，一瓶紅酒下肚，面不改色。老周也不差，只有老董、歪子跟我是不成的。老董早已喝得面紅耳赤，老田還一個勁兒地逼著他灌。

「別不識抬舉！放著咱這兩百法郎一瓶的法國酒你不喝，要是那個法國娘們兒叫你喝貓尿，你也不敢說個不字兒！」

老董硬是不再喝，老田自己又灌了大半杯五加皮，大家就來押寶。

押到半夜，老董面前的鈔票越來越厚了，我的也不少，輸得最多的是老田。老田的眼睛紅得怕人，袖子捲得高高地，把桌子拍得雷響。可是他越押越輸。老董收起錢來，說是要去睡覺。

「贏了就走，那不行！你他媽的也得讓人家翻翻本呀！」老田的兩眼瞪得像兩顆西紅柿。

「誰說贏了就走？還不興睡覺嗎？」老董說著已經站起來。

「行！要幹就幹到天亮！贏了就走最狗熊！」老田堅持著。

「這也算贏？」老董說著把錢又從懷裡掏出來：「還不到兩萬法郎，你自個兒看，狗雞巴的才多贏一毛錢！」

「好了！好了！大家都去睡覺，下次再來。」說著我也把錢收起來。

「你他媽的也是狗熊，贏了就走哇！」老田的怒氣又轉到我這邊來。

「你才是狗熊！贏了爲什麼就不能走？」我也瞪起眼睛來說。

「你小子罵人！」

「是你先罵的！」

「你他媽的別覺著多念了兩天臭書就瞧不起人啊！你是什麼東西！」老田拍著桌子罵。

我也拍著桌子：「你算個什麼玩藝兒？我一定要瞧得起你！」

「好啊！你早就瞧不起人哪！」老田竟哇地一聲哭起來：「你算個什麼臭王八？你不過跟老子幫工！老子要停你的工就停你的工，要叫你滾你就得滾蛋！哇哇哇……他瞧不起人……他瞧不起人……哇哇哇……」

「給你幫工算是瞎了眼，老子不幹啦！」我仍然怒聲喊著。

老董、老周都過來勸道：「老田醉了！老田醉了！這傢伙，就是這樣子，說話向來沒輕沒重的。」

*

我不願再回老田那邊去搭工，倒不是因爲自尊心的問題，我還有什麼自尊心呢？我本來就看不起自己！主要的是因爲我發現我錯了。無論我花了多大的力氣，我無法眞正打入老田他們的生活圈子；他們有他們的想法，他們的習慣，我呢，我有我的。從前我只是厭透了我自己那一個生活的圈子，才會天眞地歆羨起別人的來。現在我發現老田那一個生活圈子，也同樣地令人作嘔；而且他們的情趣對我格格不入。即使我全心全意地想做他們的朋友，他們也從不把我當個自己人看待。一有差錯，他們立刻覺得我是知識分子，跟他們不是一路的。

老田叫歪子來跟我說過，叫我再回他那裡去搭工，可是我一口拒絕了。我口袋裡多少還有幾個錢，我可以慢慢地再找別的工作。

每天我坐在聖．米士勒大街的咖啡館裡，望著來來往往的行人，望著那些衣著怪異的巴黎大學生發呆。我總是揀靠窗的一個座位，因爲這樣可以看清楚每一個經過咖啡店旁的行人。他們有不同的身材、不同的衣著、不同的相貌、不同的表情；可是他們都有一顆相同的心。當然，這只是我的猜想，我並沒有看見他們的心，也許連心也是不同的。我是想看清楚，在這些不同的形貌之下，到底有些什麼相同的地方。我越看越覺得不同，甚至於連頭髮、眉毛，都是異樣的；譬如說在我左手邊有一個穿咖啡色西裝的胖子，臉紅得像一隻剝了皮的兔子，兩條眉毛差不多連在一起，特別是眼睛，我們應該說那是從菜市場中冰了的魚身上取來的，那嘴唇又紫得厲害，老是一上一下地動著，好像要咬住點什麼才痛快。要是你多看他兩眼，你會不自禁地起一陣雞皮疙瘩，要不然也會把你早晨喝的咖啡牛奶一古腦兒地倒出來。我右手邊的一個年輕人呢，鬈曲的頭髮，眼睛亮得像天上的星星，鼻子直得恰恰適度，下巴渾圓得跟安提諾斯的雕像一模一樣，要是你敢於繼續地看著他的臉，你會按捺不住那種跑過去吻他的欲望。自然我沒有跑過去吻他，我只是覺得奇怪，爲什麼對這些全不相同的生物，我們都稱之爲「人」呢？這眞是件不可思議的事。想到這裡，我忍不住哈哈地大笑起來。立刻，咖啡店中的人們的眼光都朝我投射過來。我斂起了笑，閉緊了嘴，裝作若無其事的模樣。他們也許想我有點神經病的吧？管他呢！要是眞的有點神經病反倒好了，可惜的是我對什麼看得都十分清楚，想得也很周到，所以才會弄得一肚子的不痛快，才會弄到這步田地。

我沒有再動筆畫畫，也沒有認眞地找別的工作。今年的天氣冷得厲害，已經下過兩場雪了。一下雪，巴黎的街道就成了污穢的泥沼，大家瑟瑟地縮在大衣裡在泥沼裡匆匆奔過，再沒有以前那種逍遙的情趣。

今年的天氣冷得厲害，我口袋中的錢也一天天地少下去了。有時爲了省幾個子兒，我一天只吃一頓飯，一早一晚地只買一個甜麵包，喝一杯牛奶了事。我新近養成了一種發呆的習慣，不知爲什麼，我會一動不動地一坐就是好久，到我發覺自己在發呆的時候，幾個鐘頭已經輕輕地溜過去了。其實我說發呆是不太確切的，因爲事實上我的眼睛跟我的思想並沒有完全閒著，只是我從人的世界裡走出來，進入另一個我以前從沒有注意過的世界中。譬如說那切開的麵包，白慘慘地密布著蜂巢似的小洞，可是那裡並沒有蜂蜜流出來。如果我繼續地注視下去，我會覺得那些洞漸漸地大起來，甚至於我自己都會毫不費力地爬進去。那該是多麼有意思的一件事！白色的纖維的網一層層地在我的面前剝開，腳下該是軟綿綿的像富有彈力的橡膠。我可以躺下去，跳起來，任意翻滾著。那裡該是不冷不熱的天氣，我可以把全身的衣服都剝了，赤條條的像亞當、夏娃一樣地自由自在。麵包的纖維壓在赤裸的皮膚上，該會有一種多麼輕柔舒暢的快感呢！

又譬如那棵老樹上的疤，在蒼黑色的斑痕上掛著一層絨絨的綠苔。就是在樹上的葉子都落光了的寒冷的季節裡，那綠苔仍然是綠盈盈的。那綠苔的每根絨毛上都貫充著生命。生命打那兒冒出來，向無限無形地伸展開去，就像春天裡所看見的那種到處飄蕩的游絲。飄蕩著，飄蕩著，黏到一處，就播下一顆生命的種子，於是又有絨絨的綠苔打那兒冒出來。

我坐在地下鐵裡的時候，突然地發現了一只在我面前擺動不止的掛在一隻耳朵上的環。那是塊黑色的石頭，發著瑩瑩的亮光，周圍緊緊地裹著一環白色的金屬，白金或者是銀。那黑色的石頭一定給擠得很難受，所以才不停地掙扎著、搖擺著。多麼殘酷的行爲！要是石頭也會喊叫的話，它一定會大聲呼喊起來：「還我自由！」可是那白色的金屬竟毫無心肝，愈壓愈緊。那石頭也就愈來愈費力地掙扎著，更加猛烈地擺動著。這眞是令人難以忍受的事，我竟袖手旁觀這種悲劇！突然，我不自主地舉起手來，伸過去。對面有一個女人嚇了一跳，怔怔地望著我。我這才發現，掛著耳環的耳朵旁邊原來還有一個人！「對不起！」我趕緊說：「我想您的耳環要掉下來了呢！」她用手摸了一把，白了我一眼，默默地低下頭去。

有一次，我坐在電影院的黑暗中，電影的名字我已經記不清楚了，銀幕上正有一個男人在吻一個女人的背，兩個人都是赤條條的。忽然我聞到一種奇怪的味道，是一種混雜了輕微的香水的體臭。我左邊坐著一個穿淡黃色毛衣的青年，在黑影裡仍然可以看出他毛衣的顏色；我右邊的座位是空著的。不用說，那奇怪的味道來自這個年輕人的身上。我說是奇怪，因爲這個味道對我又熟悉又親切，跟英格麗身上的差不多是一模一樣的，也許他們用了一樣的香水。可是不止是香水，而是那混雜在香水中的體臭沒有什麼差別。我的鼻子居然可以把身體上的味道打香水裡分析出來。我忽然有一種欲望，想緊緊地擁抱我身旁的那個年輕人。我努力制止著自己，甚至於閉起眼睛；但是不成，越是在黑暗中，那味道越顯得濃烈，那想去擁抱他的欲望就越發增加，我終於不得不立刻離開了電影院。

天上的雲彩也會引起我的遐想。我普通起得不早，不常看見日出的景象。日落時分，特別是天清氣朗的時候（要知道，巴黎冬天沒有多少好天氣），我是不會放過的。那時候，我總坐在公園裡；或是街頭圓環裡的一張椅子上，望著天空，那裡布滿了發亮的橘紅色的光輝，有時候也有淡紫跟赭黃。天常常是灰藍的。我便慢慢地飛起，化做一條不知名的彩帶，泅泳在落日的光輝中。也許我是慘白的，也許我是墨黑的，也許我只是透明地反射著別的顏色。我高高地懸在半空中，俯瞰著城市、河流、鄉野……下邊的世人，蟻似地紛紛地無意義地東奔西走著。要是他們抬起頭來，他們一定發現一道不同尋常的光帶。「這是什麼？」他們會驚異地奔走相告：「這該不是一個人吧？不然就是打火星上來的生物？嗯？嗯？奇怪！奇怪！」哈哈哈哈……

＊

我必得找一個餬口的工作。然而找什麼呢？搭工嗎？即使找得到，我已失去從前那種興致。繼續畫畫嗎？我也同樣地提不起勁兒來。就算我再十分情願地重拾舊業，我連買顏料、買畫布的錢都沒有；即使我可以弄出點錢來購買顏料跟畫布，畫出來的東西又賣給誰呢？然而，這還不是最重要的，最重要的是我根本失去了生活的興味。一隻獸，活著就是活著，從不爲生活尋找一種意義或目的。人就不同。

人雖然跟獸一樣有一種求生的本能，可是人並不滿足於這一種本能，總是費盡心思給生活尋出一個可以自慰的目的。然而事實上這種目的，不管是崇高的還是世俗的，是否有幾分客觀的價值呢？那些有崇名勝譽的，那些有百萬家財的，到頭來還不是跟那下賤的乞兒一樣地化做糞土嗎？所以，人為什麼要有野心呢？野心又能給人帶點什麼意義來呢？我沒法給自己找出一個滿意的答案。我在這個世界上，簡直成了一個迷迷茫茫的不安分的小生物。

我是一個沒有父母的孤兒。我的叔父，除了對我說教以外，從沒有真心地關懷過我。他拒絕我進門的理由，就是說我是個沒出息的孩子。那麼，他對我要是還有那麼一點兒關注，說穿了，不過只是為「出息」而已。如果沒有「出息」，「我」就是不值一顧的了。可見我的存在與否，是與人類無關的。我自己其實也不曾眞心愛過一個人，英格麗是不需要我的關懷的，她有她的丈夫、她的孩子，她不過是在假期中尋些快樂而已。佳琳娜呢？噢，我從沒有想過這個問題，她太單純了，她單純得叫人生厭。即使她睡在我的懷裡，我也從沒有想到她是一個可以使我寄託愛情的對象。然而什麼又是愛情？愛情眞是如吳天所說的只止於性交嗎？除了性的要求以外到底是不是還有些別的成分呢？如果有的話，那又是什麼呢？是狂熱的相思嗎？狂熱的相思不也是引導到性的目的嗎？要是在愛情中抽除了彼此佔有的欲念，還剩下些什麼呢？我實在沒法答覆這些問題。不過我想，愛情絕不止於性交的，不然我有什麼理由拒絕跟佳琳娜生活在一起？特別是她已經有了一個孩子，有了一個屬於我的孩子！

＊

冬天還不曾過去，我的口袋已經空空如也了。幸虧我有些舊書，跟些用不著的小東西，可以換幾個買麵包的小錢。然而我住旅館的房錢已經有一個多月沒付了。房主說要是我再付不出，他只好請我走人，不然就依法處理了。到哪兒去呢，這麼冷的天？我總不能每夜都在地下鐵道裡度過吧？再說，就是地下鐵道，也並不是完全免費的，一張車票的價錢總該出得起呢！我忽然想起了我不曾賣掉、也不曾丟掉的英格麗的那幅畫像！不是仲馬太太說過想要買的嗎？她雖然不肯出大價錢，但在這種時候，只要她肯給我一兩個月的房錢就行。我只要湊合著把冬天過去，天氣一暖和就不成問題了。那時候也許我的心情會好起來，也許我可以強迫自己找一個餬口的工作。大不了，還有塞納河的橋洞裡可以暫時棲身。那裡不是經常有些流浪乞兒過夜的嗎？

我提著小心地用牛皮紙包紮起來的英格麗的畫像，走上了聖．凡和內街。

聖．凡和內街，我曾經消磨了好幾年光陰的地方。不知有多少個黃昏跟清晨，我坐在聖．凡和內街的街口，細心描畫著這裡的每一所房子，每一棵樹，捕捉那在時間的魔法中變換莫測的光影。我不但熟悉每一所建築，我也差不多熟悉那些活在這些房子中的人們的面孔。那雜貨店裡的胖老闆，那洗衣店裡乾瘦的老太婆，那撇著兩撇仁丹鬍的理髮師，那瘦小的鮑得埃先生跟比他大了一號的鮑得埃太太，那粗聲粗氣的衣哈太太……衣哈太太！衣哈太太！衣哈太太！她還在不在呢？佳琳娜呢？佳琳娜眞的返鄉了嗎？

我住了腳，要是碰到衣哈太太！她還會不會認識我呢？這麼個可憐的、微不足道的異鄉人，像我，恐怕早已在人們的記憶中消失了吧！

我停在一家糖果店前，那裡有一面鏡子。舊大衣，癟了的帽子，一條灰不溜丟的圍巾遮了大半個臉，瘦削的額。連我自己也不認識這是誰了。我站著、站著，我的兩腳有點麻木的感覺。天氣實在太冷了，我看見在我的身後有些雪白的鵝毛一片片地飄下來。又是一場大雪吧！我回轉身，迎著飛舞的雪花往前走去。

我記得仲馬太太是住在二十號一樓，這裡我不知來過多少次了。可是我來回走了好幾趟，才找到二十號的大門。是這一帶改變了樣子，還是我自己的記憶起了變化呢？

我在一樓按了仲馬太太的門鈴，過了好半天，才有人來開門。不是仲馬太太，是一個我不認識的三十多歲的黃髮的女人。

「您？」她望著我翹了翹下巴。

「我找仲馬太太。」

「仲馬太太？」她不解地望著我：「這裡沒有仲馬太太！」

我後退了兩步，仔細端詳了這栗色的門，奶油色的門鈴，特別是打樓下一直鋪上來的那張猩紅的帶藍色碎花的地毯，這怎麼會有錯呢？

「這不是仲馬太太家嗎？」

「從來沒聽說過有個仲馬太太！喬治！」她朝裡大聲地喊著：「你知道不知道個仲馬太太？」

「誰？」裡邊一個男人的粗嗓子。

「仲馬太太！這裡有一位先生找仲馬太太！」

「這裡沒什麼仲馬太太！」

「您看，」她萬分抱歉地說：「我們都不認識仲馬太太，您大概弄錯了門。要不然，去問問門房吧！」

我走到門房那裡，敲門，沒有動靜；再敲，還是沒有動靜；著力地敲，出來一個顫巍巍的老婆婆。

「仲馬太太不住在這裡了？」

「嗯？」這口氣，不用問，耳朵是有點沉的。

「仲馬太太！」

「都拉太太？」喉嚨尖得刺耳。

「仲馬太太！從前住在一樓的！」

「都拉太太？」她用她那老得變了形的乾手，打圍裙裡掏出一塊雪白的手巾來擦她那發紅的眼睛。

「我是說仲馬！仲馬！仲馬太太！」

她搖著頭：「這裡沒有都拉太太！」

「這裡不是二十號嗎？」

這次她倒聽真了。「是二十號。」

「聖．凡和內街二十號？」

「是聖．凡和內街二十號，可是沒有都拉太太住在這裡！」

「不是都拉，是仲馬！」

「沒有都拉太太！沒有都拉太太！」喉嚨在尖上打了個尖，不耐煩地關了門房的門。

我走出大門來，雪飄得更密了。仰頭再仔細看那大門上的號碼：「二十號」，一點兒都不錯！有幾片雪花落在我的額上，冰涼地。仲馬太太搬了家？房子賣給了別人？死了？還是根本就沒有過這個仲馬太太？

怎麼辦呢？我到哪兒去呢？這畫，除了仲馬太太，是不會有人要的。我已經一個多月沒有付房錢了，那是一家小旅館，老闆也不是什麼有錢的人，我怎麼能再拖下去？今晚我能不能回去呢？我倒並不怕他那可怕的臉色，可是也許他已經把我那點零碎弄到房外來，像今晨我出門時他警告過我的。這且不算，也許還有法院的執行人在等著我呢！弄不到一個月的房錢，我是無論如何不能回去的。去借錢？跟誰借？吳天？那二十萬還不曾還給他！鄭冠宇？不行！老田那裡？不願意去！歪子？對了，歪子！要是他沒錢，總可以湊合著在他那裡住幾天。

就是幾天不行，一夜總可以吧！一夜，就是今夜。不然，這麼大的雪，到那兒去呢？

歪子是在拉丁區的一家中國飯館裡幹跑堂的。什麼飯館呢？拉丁區少說也有一二十家中國飯館，金龍？雙龍？長城？天下樂園？中國？大三元？香山？香山！不錯，是香山！歪子不是說過，香山的老闆人好是好，就是有點財迷，淨給跑堂吃雞爪子、魚頭什麼的。要是偶然吃回雞翅膀，那也算太陽湊巧打西邊出來啦！

我往口袋裡摸了摸，正巧還有幾個銅子兒，夠買一張地下鐵票的。

雪仍然翩翩地落著。地下鐵道裡，被在外面沾滿了雪花的鞋底踐踏得泥濘不堪。乘車的人也比平時擁擠得多，大概大家都想到這兒來取一點兒暖氣，天冷得這麼厲害。我在人群裡擠進了車廂。車門勉強關起來，可是擁在車門附近的乘客，簡直就沒有轉側的餘地。我把英格麗的畫像緊緊地夾在兩腿中間，就是兩端被人擠歪了，也沒法子顧得。每一站，自然有人下去，但卻有更多的人擠上來。我給擠在一個靠窗的角落裡。在經過羅浮站的時候，我忽然看見在對面的月台上，有一個抱著嬰兒的女人像極了佳琳娜。

「門！門！」我差不多是沒經思考地一面喊著，一面往車門衝去。幸好有一個好心的乘客，把正要關閉的車門用力拉著，我才連跌帶衝地搶到月台上。車馬上就開走了。

她仍然站在那裡，站在候車的人群中。胸前緊緊地擁抱著一個用鵝黃色的羊毛毯子裹著的小身體。我看不見嬰兒的臉，只見有一個白色的小帽子露在那鵝黃色的包裹的一端。

「佳琳娜！」我朝對面的月台喊了一聲。

她立刻扭轉了頭，往四面張望著，這時兩面月台上都站滿了人，她一時找不到喊她的人在哪裡。

「佳琳娜！佳琳娜！佳琳娜……」

我的喊聲早已被正在對面進站的另一班地下鐵的軋軋聲淹沒了。我盼望她聽見了我的喊聲，不即刻上這班車。我翹起腳尖，希望打車窗裡看見她到底有沒有擠上車去。可是我看見的只有人的肩、背、髮和些分不怎麼清楚的臉面。車終於開走了，對面的月台上卻早已空空如也；只有三五個剛剛打入口處走進來的乘客。不用說，佳琳娜已坐這班車走了。也許她沒有聽到我的喊聲？也許她聽到了我的喊聲，但沒有找到喊她的人？也許她根本不願見我？而我，為什麼一定要見她呢？剛才走在聖・凡和內街上的時候，不是連衣哈太太我都生怕碰到的嗎？要是她聽到了我的喊聲，停下來等著我，我要對她說些什麼呢？我又能對她說些什麼呢？這些個，在我大聲呼喊的那一剎那，是完全不曾經過我的腦的。也許是那鵝黃色的包裹，也許是那鵝黃色的包裹一端的白色的小帽子，使我不能自己？也許只不過是因為她那略顯呆滯的憂悒的眼光？

一低頭，我看見那緊緊地捏在手中的用牛皮紙包裹著的英格麗已折作兩段！那一定是我下車時用力過猛，在車門上碰壞的。

＊

我站在香山飯館的玻璃門外往裡張望。這時候，裡面已坐滿了大嚼的食客。這樣的天氣，竟然也座無虛席！我看見有兩三個穿白色制服上衣的跑堂，來回不停地忙活著，可是不見歪子。我推門走進去，沒有人理我。在櫃檯裡面帳房那裡，坐著一個戴眼鏡的中國女人，我就走過去。

「略等幾分鐘，馬上就有座位，先生！」

「我來找一個人！」我用中國話說。

「找人？」她立刻換了廣東腔的官話這麼問我。

「歪子在不在？」

「歪子？誰是歪子？」

「在你這兒幹跑堂的。」

「我們這兒沒有歪子！」

我忽然想起來，歪子是老田他們叫的，也許不是他真正的名字。

「是剛打香港來了不到一年的一個……」

她望著我，沒等我說完，忽然若有所悟地道：「噢，你是說朱雲鳳？」

「朱雲鳳？嗯，也許是他的名字。我也不準知道他的本名叫什麼，大家都叫他歪子。」

「是在廚房裡洗碗的。您等一下，我去看看他在不在。」

不到兩分鐘，帳房跟一個瘸著一條腿的三十多歲的人，打廚房裡走出來。

這個人怔怔地看著我，我也怔怔地看著他，約有一分鐘。

「對不起，我不是找你的。我找一個叫歪子的年輕人，剛打香港來了不到一年，他說是在你們這裡幹跑堂的。」

他搖了搖頭：「不認得！」就走進廚房裡去了。

「你看，」帳房又指著那幾個正在忙活著的跑堂說：「我們的跑堂都在這裡，可有沒有你找的人？」

我又看了一眼那幾個馬不停蹄的穿白色制服上衣的跑堂，沒有一個是歪子。「也許他現在換了地方？以前你們有沒有過這麼一個跑堂的？」

「以前？多久？我們的跑堂最少也是幹了一年多的。我們沒有過這麼一個人！」

我眞不懂！是歪子說謊呢？還是我記錯了飯館的名字？還是，還是，還是，我眞不敢往這上頭想，還是我自己想像的？事實上也許根本就沒有歪子這麼一個人。

*

街燈已經都亮起來了。那飄舞著的雪花，像些撲燈的飛蛾似地在每一盞街燈的光圈內翻飛。現在到處都是一片白了，除了街心的那一條，落地的雪花都被來往的汽車輾成了泥漿。我繼續往前走，無目的地往前走。我的肩上已經積了一層薄薄的雪片，我的圍巾也有些濕漉漉的，我的癟了的舊帽子也好像有些重起來了。我的腳下呢，因爲鞋底沾了雪，好像拖著一雙氈靴似的，只是沒有氈靴的那點暖氣。我走得很慢，我不能不走得很慢，我怕一不小心滑倒在街心裡，被那在這種天氣煞車不靈的汽車一下子輾作兩段。我並不怎麼怕死，不過我不願意死在車輪的下面。

我發現我已經走到塞納河畔。河畔那早已沒有人影的緊緊鎖閉著的書攤上，也覆了一層厚厚的雪。橋欄上是雪，河岸上是雪，河中，除了那還不曾冰凍起來的中流，也都是雪。天空是灰茫茫的，地下是白慘慘的，這個世界已經變成一個白而冷的天地。這就是純潔嗎？也許是吧！大地上的污穢不是都被這雪白無瑕的雪花覆蓋起來了嗎？然而這裡呢？在這裡還不曾停止跳動的人的心臟裡呢？這裡藏著的都是些什麼？是猩紅的血漿，是以這種血漿凝成的欲望！這欲望不是白色的，也不曾經過這無瑕的雪花的洗禮。這欲望混雜著各種各樣的色彩，發射著各種各樣的光芒。只要有這種七顏八色的欲望的存在，人間終究是無法像今夜這雪覆大地般純潔起來的。

我忽見我離那著名的新橋已經不太遠了。在新橋下面，也許可以找到一個角落，度過今夜，我就毫不猶豫地沿著那一步一滑的石階走下去。在石級完了的時候，我向左轉身，忽然我看見橋洞裡有一團火，雖然不大，可是熊熊地燃著，我走近了以後，才看清楚有一個老乞丐坐在火旁。他的全身都沉在陰影裡，只有他的臉被火光映得通紅。

聽見了我的腳步聲，他向我這邊轉過臉來。

「呀，來了一個同伴！你也是來賞雪的呀？」他好像是笑著對我這麼說，我說他「好像」是笑著，因爲他的大半個臉都被一撮花白零亂的鬍子掩蔽著，只有在眼角那裡似乎展露著幾條笑紋。

我注視著那一團火，是用油紙跟盛水果青菜的木匣子的碎片燒起來的。我蹲下來，伸出兩手。

「我可以？」

「爲什麼不？你要是想喝點，這裡也有！」他打身旁提出一支酒瓶，遞給我。我接過來，毫不客氣地喝了幾口。瓶口那裡有些乳酪的臭味，我不在乎。我解下圍巾，抖去上面的積雪。

「你是越南人？越南是個了不起的民族！」

「我不是越南人。」

「你不是越南人，那麼你是中國人？」

「是，我是中國人！」

「中國也是個了不起的民族，是不是？」

「我不知道。可能所有的民族都了不起，在應該了不起的時候。」

「對了，你說的有理！每個民族都是了不起的，每個人都是了不起的。嗯？」

「誰知道！」

「像你跟我，咱們不都是了不起的？」

我苦笑了。他卻哈哈大笑起來，提起酒瓶咕咚咕咚喝了一氣。

「你是學生？」

「也可以這麼說。」

「啊，學生跟叫化子是世界上頂自由自在的人。咱們要吃就吃點，要喝就喝點，要睡，不管哪裡倒頭就睡。全不管他們世間那檔子戰爭呀，殺人呀，放火啦什麼的鬼事。前天夜裡有幾個英國來的學生在這裡過夜，他們彈呀，唱呀，笑啊，鬧啊，一夜沒有闔眼，咱也陪著喝了一夜，眞痛快！」

「你愛這個？」我指著酒瓶問他。

「這個？噢……」他提起酒瓶來親了一下，「這是我的愛人，我們結婚少說也有四十多年了，到現在還沒有分開的意思。」他兩臂緊緊地摟抱著他那酒瓶，來回不停地搖擺著。「你？你不愛？那才是個大傻瓜！世界上還有比這個更眞切的東西？女人、財富、權勢，都不過是過眼煙雲，只有這個是最眞實的，最永恆的！永恆的……永恆的……注滿我的空酒杯，喝乾你的酒滿杯，我不要見手中的酒杯既不空來也不滿。」

「你是個詩人。」

「有一夜，我在她窗下唱情歌，月亮打東方冉冉升起，」他不回答我的話，卻提起沙啞的喉嚨唱起來，一面瞇瞇著笑眼斜睨著我。「我的愛在陽台出現，輕飄飄，輕飄飄，似夢中神仙。她投我一朵玫瑰，紅豔豔，紅豔豔像她那櫻唇！她問我：『你愛我？』我說：『我不知道。要是妳像葡萄的漿液一樣醇，要是妳也有那使我大醉三日的魔法，我想我會更愛你！』聽了這話，她動了氣，一轉身沉入了黑暗的夜中，只剩那清冷的月，孤零零，伴我隻影。我從此就流浪到西來，流浪到東……」

「你唱得眞好！」

「是麼？有一年巴黎歌劇院要請我去唱《浮士德》……」

「你去唱了嗎？」

「你想呢？」

「我想你一定去了，是不是？」

「才不！我那裡肯接受這種蠢事！咱們是個自由人，要想唱來就張口；不想唱了就閉嘴！也不管板眼，也不論腔調，咱這種脾氣去唱《浮士德》行嗎？」他又哈哈大笑起來。

「你眞有意思。」

「爲人第一就得有意思，不然，何苦來爲人？」

「你說得很對，可是不容易人人做到。」

「那是因爲你們太傻！因爲你們又有老婆、又有家、又有房子、又有汽車，你們滿身都是牽掛。你們連覺也睡不安穩，也從不會作一個香甜的夢。你們整天價不是擔心老婆去偷人，就是怕家裡遭搶劫；不是憂慮房子著了火，就是怕撞了車！要是人人都像寡人一身輕，想去西來就去西，想到東來就到東，那就離人間天堂不遠了。」

「可不是！這樣也省了爭奪，也免了戰爭！」

「什麼爭奪？什麼戰爭？人生不過是一場大夢！」

「啊，你也這麼說？我們中國有一句俗話：浮生若夢！」

「所以呀，中國是一個了不起的民族；就憑這句話，就可見中國人的聰明才智！」

「可是你，你眞信人生不過是一場夢嗎？」

「這倒難以回答。我們有什麼權利信不信呢？我們不過是夢中人罷了！」

「雖然是夢中人，可是人總是不安分的，總想知道些夢外的事情。」

「所以你們是些大傻瓜呀！何必費這種心神！今日有酒今日醉！」他提起酒瓶又咕咚咕咚地喝了一氣。「你看，火都快要滅了！今天撿的柴火不多，趕明兒個還得多撿些來，不然咱們這暖氣房倒成了冷氣房了。」

火快要滅了。我忽然想起身旁那折作兩截的英格麗的畫像，就拿來擲在火上。

「這是什麼？」他驚訝地問我。

「一幅畫！」

「一幅畫？我還當是什麼寶貝呢！一幅畫還不就值得烤烤火嗎！」

火又一點點地微弱下去。我看見他身旁還有幾片油紙，就拿來添在火上。火光又一下子冒起來了。

「這是留著引火的呀，別都給燒淨了！」他懶洋洋地撫摩著他的酒瓶說：「火又上來了，你看！好暖和！算了，算了，都燒了吧！都燒了吧！」

我們擠在一塊兒，蓋著他那有濃濃的乳酪臭味的羊皮破大衣睡了。我從不曾睡過這麼一個甜美的夜，一個無夢的夜。

*

我忽然感覺一陣冷颼颼的寒氣，睜眼一看，一片灰茫茫的白。只有我一個人睡在地下，那老乞丐已不知哪裡去了。在我身旁還有一堆灰燼。

我是穿著大衣睡著的，大衣下已經沾了些潮氣。我坐起來。天空是灰濛濛的；但在東方，那每天每天太陽升起來的地方，已經有些橘紅色的光芒。我面前的白，向無垠延伸開去，沒有了橋，沒有了河水，沒有了房舍，只是一片無垠的白。那東方橘紅色的光芒越來越亮，終於變成了金子的顏色。天空也從灰濛轉成湛藍，好像是那無邊無沿的大海忽然翻轉到我們的頭上。大地的白色，映了旭日的光輝，這裡那裡地閃爍著些寶石般的光彩，我站起身來往前走去。

我不知道我走在現實裡，還是走在夢境裡。對我，現實跟夢境已經沒有多大的區別了。我的腦子仍然活動著。四周的景物：白的雪，藍的天，耀眼的金晃晃的太陽，都活生生地映入我的眼簾。我也感到我是一個活著的東西，這就夠了。爲什麼還要追問那爲什麼活著跟活著爲什麼等等煩人的問題呢？爲什麼我們不能像一片雪花，打不知道哪裡的虛無縹緲的高空飄落下來，靜靜地睡在大地的懷抱中，晶瑩剔透地發出一陣子光彩，然後太陽來了，又毫不憐惜地融於無形？我們何不這麼靜靜地來，又靜靜地去？我們原不懂造物者的奧祕！太陽每天都打東方升起，經過了幾億萬年不疲不倦地繼續打東方升起。可是每天升起來的太陽，是不是還是同一個太陽呢？要是同一個太陽，那麼時間對太陽是沒有意義的。只有我們，這些活動在大地上的小生物，是時間的玩物。可是我們也不曾絕滅，老的躺下去，那新生的又呱呱地來到人間。我們不是也跟每天升起的太陽一樣，永不停息地往前滾進嗎？人生的歷程原是宇宙的歷程的一部分。不過，雖然我們已經累積了幾千萬年的苦思冥想，我們終究還是不明白什麼才是宇宙的歷程。既然我們不明白宇宙的歷程，又怎麼能明白人生的歷程呢？既然我們不明白人生的歷程，又怎麼能明白人生的意義跟人生的使命？我羨慕那些信教的人，我也羨慕那些革命家，他們都有給自己製造一套空想的本領。我不能！我不知道是不是有個創造萬物的上帝，我也不知道是不是有個決定我們命運的主宰，我更不知道我們是不是就是可以往無限發展的自我的主人。我所看到的只是些令人不解的矛盾。我們一面生，一面死；一面愛，一面恨；一面助人，一面殺戮；一面向上，一面墮落；一面爲生命而歡呼，一面又悲觀厭世。這種種活生生的矛盾，存在每一個人的身上。我們不過生活在矛盾的夾縫裡。我們向生命乞討一點光輝，於是我們感到生的喜悅，但同時又爲這光輝的虛幻、這光輝的短暫而悲哀。然而不管這矛盾顯得多麼荒謬可笑，我們畢竟是活生生地存在那裡。我們不由自主地存在著，我們怎能不接受這一個事實？是的，這是一個事實，我得接受這一個事實。這就是我的結論！不！這不是一個眞正的結論，只是一個無可奈何的結論罷了。

＊

在我前面的雪地上，走著另一個人影。

「佳琳娜！」我朝前喊了一聲。

爲什麼我這麼喊？那是佳琳娜嗎？我不知道。但既是我這麼喊了，那就得是佳琳娜，那必得是佳琳娜！

她仍然抱著那個鵝黃色的包裹，包裹的一端露著那嬰兒的白色的小帽子。她走得很吃力，但是很快。

「佳琳娜！」

她不回頭，也不停步。

「佳琳娜，」我終於追到了她的身旁，只是她連看也不看我一眼，只顧往前走去。雪，在我們的腳下發出沙沙的聲響。

「我必得跟你說，佳琳娜，有好些話我必得跟你說。要是你恨我，還是看不起我，都是不重要的，最要緊的是我要讓你知道我的苦處。我是一個不值得別人愛的人。要是你根本就沒有愛過我，那最好不過；如不幸你曾經愛過我一點兒，你就必得要知道我多麼不值得你的愛心。你曾經想我心中有一個女人，就是你所追問的畫上的那個女人，你曾經想我深愛著這個女人。現在，我必得告訴你，你錯了，我也錯了，因爲我自己也曾這樣想過。事實上我終於明白過來，我是根本沒有愛過誰的。這裡，我們必得先弄明白什麼是愛。不用說，愛是一種情感。這種情感的目的，是要一個人把他所愛的緊緊地抓在手中，佔爲己有。我們不是把自己愛吃的東西，放進自己的嘴裡？我們不是把自己愛看的花，裝在自己的瓶裡？我們不是把自己心愛的鳥，養在自己的籠裡？同樣地，我們也企圖把自己所愛的人，抱在自己的懷抱裡。當然對一個人，對一個地位相當的生物，我們不能只是佔有，同時也要把自己奉獻出來；否則那只是自私的霸佔，還不能說是愛。然而就是這種既佔有又奉獻的愛，又能把人引到哪裡呢？不過引導到一種貨物的貿易上罷了。你想想，事實上我們的奉獻是爲了什麼呢？還不是爲了佔有嗎？我們不過是拿了奉獻來交換佔有罷了。要是我們無法佔有的時候，我們是不是還繼續奉獻呢？不！我從沒有見過一個人，把自己的所有奉獻給一個他不能佔有的人。你看，這不是貨物的貿易是什麼？其實，還不止此呢！一個人對待他不能佔有的，有時候不但不會奉獻，還要加以摧殘。那戰線上的兵士，那謀財劫殺的強盜，不就是這種心理嗎？所以，這種愛的根源，還遠不及貨物的貿易來得高尚呢！根植在這種土壤裡的愛，又有什麼值得珍惜的？我輕視這種愛，我卑視這種愛！你想想，我又怎麼能去履行我所輕視與卑視的行爲？所以說我沒有愛過誰，我不能去愛誰，也不願去愛誰。

「佳琳娜，你不要以爲我輕視了愛，就表示了我自己的高尚。事實上正是相反的。我所以輕視了愛，其實是我先輕視了我自己；愛的根源還是根植在人心裡的。還不止是輕視呢，更可怕的是失望。我對『人』這個生物是失了望的。我自己既然也是一個人，又怎麼能對我自己發生信心？所以我一直是徬徨著的，我一直追問著自己，『人』就是我們所經驗的、我們所感覺的這種樣子嗎？還是人可以變得比目前的形態好一些，可以走上一條足以自我滿足的道路？我這裡說『自我滿足』，因爲我覺得外界的評價是不重要的。我以爲我們活著，不是爲了贏得世人的掌聲，也不是爲了向一個我們還不知道存在與否的主宰負責，而是爲了使我們自己看得起自己，使我們自己感到生命的價值。這是我所說的『自我滿足』。我所以不快樂的原因，就是因爲我無法獲得『自我滿足』。自然我可以仿效一個捨己爲人的教士，或者革命家，來把自己昇華到另一種境地。然而這裡又有一種僞善者的陷阱，又有一種虛榮心的誘惑。有幾個肯捨己爲人的教士或者革命家，不是把自己高抬到世人的救主的地位？不是把捨棄的那微不足道的小小的生命誇大到與日月同光，爲的是換取那一點虛榮的幻影？這是我不願嘗試的。

「佳琳娜，你也不要以爲我只是一個認命的可憐蟲，一個自以爲看破世情的厭世者。不！我並不是這樣的人！我雖然感覺到人們軟弱的缺點，可是我也並非全沒有嘗試著把自己提拔起來。不過，我用以提拔自己的方法可能跟別人有些不同。事實上我已看厭了那些僞善者的面孔，他們終日大叫大嚷地高呼仁義道德，努力握緊了自己的頭髮往上提拔，可是到了兒兩腳仍然踏在爛泥裡。我不願再扮演這種可悲的喜劇，所以我選擇了另一條途徑。我們不是踏在爛泥裡嗎？好，這就是我們的生存條件。爲什麼要來否認呢？

爲什麼要來欺騙自己呢？我們不是渾身沾濡了污穢嗎？好，這也是我們的生存條件，是用不著否認和欺騙自己的。我們得首先承認我們是兩足踏在爛泥裡，同時渾身沾濡了污穢的動物。（既然我們天生的這樣，爲什麼不能接受呢？）然後，在這樣的生存條件中，我們再來看，是不是能夠把自己弄得乾淨一點，我們是不是有這種能力跟可能把自己弄得乾淨一點。這才是我想做的，我要做的。

「佳琳娜，我摸索了那麼久的黑暗的路，才不過看到了這麼一丁點兒光芒。可是只要我看到了光芒，不管它小到多麼可憐的程度，我是不會捨棄的。我一定朝那裡走去，哪怕只是一個幻影。幻影又有什麼？不是總比眞正的黑暗強些嗎？佳琳娜，我求你等等我，你不要走得這麼快吧！在今天，只有你，只有你，可以洗刷我身上的一些兒污穢。你也許又要問我，我是不是愛你的那個問題。我還是請你不要問吧！因爲我無法答覆你。我不是已經告訴你了嗎？我從不曾愛過誰，我不能愛，我也不願去愛的。可是這並不能阻止我使你幸福的願望。是的，我唯一的願望就是使你幸福，使你懷中的那個小生命幸福地長大。要是這幸福需要我的『存在』，我在這兒，請你拿去吧！但是不要再問我『愛』的問題。要是這幸福需要我的『消逝』，我會快快樂樂地含笑而逝的。這就是我全部生命的意義了。

「佳琳娜，請你回答我！你爲什麼一句話也不說？你也許不相信我所說的話。你看，你不是正在輕蔑地笑著嗎？你爲什麼這樣笑呢？爲什麼？爲什麼？告訴我！你什麼也不說！噢，我明白了，你在笑我也在嘗試擺出一副捨己爲人的殉道者的面孔吧？不是的！我並不曾捨己，我不是還好好地活在這裡。你看，我現在的模樣，像不像一個可憐的乞兒？事實上，我現在正是一個無家可歸的乞兒，我不過在乞求著你的憐惜而已！佳琳娜，請你走慢點，聽我的話。現在，我不是施捨，我是乞求，乞求你的憐惜。我不值得你的愛心，所以我只乞求你一點憐惜。要是這份憐惜有可以使你幸福做爲交換的代價，你爲什麼吝嗇這麼一點兒憐惜呢？人是不會做單純的施捨的，我們只懂得交換。現在我求你允許我，用使你幸福來交換你對我的憐惜。我是不會以這種交換爲恥的。你呢？你會嗎？我想也不會的吧！人人都在這麼交換著，不過他們不這麼說就是了。我們既然並不比別人高尚，爲什麼我們要以這種交換爲恥呢？佳琳娜，請你答應我，要是你願意我們走進教堂，我們就走進教堂；要是你願意我們到市政廳，我們就到市政廳，只要我可以在你的身邊。在你的身邊，看到你笑的時候我就會也笑起來；看到你幸福，我也會有一樣的感覺的。你爲什麼一句話也不說呢？你是覺得我這種貿易沒有價值的，還是你以爲這貿易做得太晚了呢？是的，你一定是覺得太晚了！我們不是時間的奴隸嗎？太晚了跟不存在是沒有分別的。人間的一切，都是有時限的，我難道還不明白這一點？不過，雖然我們的生存條件受了時間的限制，可是我們有沒有一點什麼超出於時間之外呢？譬如說，我們的願望。我現在願望你幸福，我是不再問時間的魔力的了。佳琳娜，你聽見我的話了嗎？你聽見了嗎？你聽見了嗎？你聽見了嗎？……」

然而她，並不停步，一直走進了盧森堡公園，消逝在熙熙攘攘的遊人裡，消逝在繽紛的花叢裡，消逝在八月的夏景中。

*

我惶然四顧，在明媚的陽光下，眾花繽紛，遊人熙攘。孩子們嬉笑地追逐著覓食的鴿子、追逐著花畦畔的蝴蝶、追逐著水池中的帆船。

*

我卻走在一條死寂的石板路上。沒有一個行人，沒有風，也沒有顏色，只有明亮的陽光照著我面前的一條灰白的石板路。

路的盡頭是一扇門，門是開著的；我走進去，又是一樣的石板路；然後又是一樣的門，一樣的石板路；一樣的門，一樣的石板路……我終於走到了我自己的那間斗室，門也是開著的。我站在門口猶豫了一會兒。有些畫掛在牆上，有些倚牆立著，有些疊在一堆。顏色瓶子、畫筆什麼的零亂地散在牆角、地板上。桌上有半瓶紅酒跟幾個沒有洗過的酒杯。菸灰碟裡滿是菸蒂。幾雙各種顏色的髒襪子軟軟地搭在椅子的扶手上。床上的被單跟毯子綴在一起。在右邊的牆角裡，有幾個碟子堆在那個藍色的煤氣爐的旁邊。

「生活會重新開始嗎？是的，會重新開始的！一模一樣地，跟我所生活過來的那些憂悒的日子一模一樣兒的？要是打頭再重新開始，我是不是應該選擇另一種生活？另一條路？那另一種生活該是種什麼樣的生活呢？會不會閃出些五彩繽紛的幸福的光彩？我怎麼會知道！我所知道的只是踏著一樣的路跡。我所認識的也只有這一條路。不管是多麼憂悒的日子，這是我的路，這是我唯一的路。我又有什麼選擇的權利？」

陽光打那個傾斜的窗口斜斜地射進來，正好落在英格麗的那幅畫像上。藍色的背景透出點橘黃色的光輝，可是她的臉仍是那麼的慘白。

我走過去，捧起這張畫，眼光卻望著窗外。那裡有幾隻鴿子翩翩地飛過去，落向我不知的何處。我放下畫，掉轉頭，就看到了那個藍色的煤氣爐。火頭裝在一個盛滿煤氣的炮彈形的煤氣筒上。

「生活會重新開始的。雖然沒有什麼光彩，但生活還是生活！生命還是生命！一隻在污泥裡鑽出鑽進的泥鰍，不是也好好地活著嗎？我也有我的路，雖然是一條污濁的路，畢竟是一條路，畢竟是我的路！我又有什麼選擇的權利？我會再走上這條路，一遍一遍地走著，重複地走著。什麼也不會改變，連每一個細節都是一模一樣地重複著。開始也就是終了，終了也就是開始，環似地把生命延伸到無窮。我不會在痛苦中獲得什麼教訓，而痛苦終於還是痛苦，路終於還是環似地重複下去。

「我不會爲生命而歡呼，我也不會爲生命而流淚。生命是握在我自己的掌中，也是並不握在我自己的掌中。陽光閃爍地射過空間，鴿子飛來了又飛去，樹的葉子變黃了又變綠。一切都在重複著各自的老路，誰又有選擇的權利？

「要是我站起來，走下樓去，我知道我準又會遇到那一雙好奇而渴望的眼睛。要是我走進盧森堡公園，我知道我準又會在八月的陽光中追尋孩子們的笑聲。一切都在時間的隙縫裡膨脹著，把空間裡充滿了現實，把現實裡充滿了幻想，又在幻想裡塡進了空間與時間的交融體。

「要是我不再想著這些，也便就靜靜地安息在我不知道的黑暗裡。然而，我還想著這些，我便抓住些什麼在掌心裡，雖然打指縫裡水似地、沙似地流走了現實，便也抓不住現實，也不明白什麼才是現實，只是些飛向了時間之外的幻影。

「有些無夢的長夜，便是在朦朧中失去的；有些光輝的白晝，也在眼睜睜的知覺中流走。到終了是什麼也沒有抓在自己的掌心裡，而掌心也竟在不知不覺中融於無形了。」

「生命，飛去吧！生命，飛來吧！鴿子似地翱翔在動而不居的陽光中，而終不知落向何處……」

「瓶裡有一枝無根的花，瓶裡的水乾涸的時候，就枝枯葉落了。而瓶裡的水終有乾涸的一日……」

一九六九年十二月二十七日脱稿於墨西哥

（附錄一）

天問

——我讀《生活在瓶中》

亮軒

《生活在瓶中》明白地說明了全書的題旨。作者對於人生的看法，恐怕也逃不出這一句話涵蓋的範疇，我們可以察覺到，作者總覺得人生一世，無論怎麼掙扎游走，卻也僅如瓶中的一個小生命，有其不可超越的極限。

誰也無權說這就是生命的定義，但誰都有權為生命下他自己的定義，當然，只要是下定義，就不可以亂來，必須透過尖銳的經驗、深沉的思考、辛苦的創作，他的看法才能具備說服的力量。

海外留學生之中，從事於文學創作者很多，馬森予人的印象卻略有不同。他的作品中讓人嗅不出學院派的氣氛，最重要的原因當與其取材有關。因為在別人的作品中常見學校生活的影子，也就表示，許多作者的自我意識比較強烈，這也沒有什麼不好，不過在比較之下，馬森體驗事物的範圍當然比較廣闊。另外還有一點，馬森的作品並不常常以中國人為核心，在「人類」一詞項下，進一步的分類越多，不必要的困惑也可能越多。我們不妨留意一下中國人以外的那些人，我們很快地會發現到，他們也有跟我們一樣的喜怒哀樂，他們也跟所有的人一樣，有值得敬重的地方，有需要同情的地方。一個藝術創作者，常常需要以悲憫為創作的原動力，但是悲憫是裝不來的，人間最令人難耐的形狀，就是假意慈悲。作者的悲憫不是裝的，在巴黎這樣大的一個國際都市裡，他有機會看到形形色色的人，以一位立志追尋藝事奧祕的學生身分，他更有機會從各個不同的層次、相異的角度，去考量每一片看似平凡的浮光掠影。個人的坎坷與迷惑，也可以推到別人，別人的哀愁無奈，也可感應到自身，交相輾轉，點滴品味，自能融匯出充滿了悲憫情懷與浪漫氣息的篇章。

由於人生之多樣，使得人也變成一種撲朔迷離的生物。有很多人，他們或者因為受不了迷惑不斷的折磨，於是及早地抓住了一小片他們自己名之為肯定的東西。也有很多人，因為生活的繁瑣，現實的催迫，使他們日漸遠離那根本的迷惑，而陷入另一層面的迷惑，他們迷惑於為什麼不能發財、不能升官等問題。有少部分的人，他們卻一生飄泊在最最根本的迷惑中，儘管他們年事增長，閱歷加深，甚而表面上也有相當程度的世故。所謂根本的迷惑是什麼？應該是：我們為什麼要到這世界上來？人的價值何在？生命何以珍貴？剎那永恆何所指？

縱然有了無數的博物館、無數的思想家，也沒有找到這些問題的答案，連「可能性」都沒有。這些問題彷彿生來只是讓人不斷的問的；而不斷問著、全力問著、不顧生死的問著的人，他們，該是藝術家。

雖然書中寫的不全是中國人，但是作者的筆觸卻沒有洋味，也許比國內的一些作者更土氣些——就是更「中國」些。這一點證明了作者的語文駕馭能力，也顯出他對描述對象有較深刻的體驗。把外國題材用中國味道來處理的先例是有的，容易犯的毛病是，讓你覺得太土了，土得你沒法相信那個故事不在中國的鄉下而在紐約。馬森沒有掉到這一個矯枉過正的陷阱中去，倒很難得。他不用泛著牛油味道的中文字眼裝點外國題材，一則是功夫好，再則操守也不錯。

其實作者也非有意的要如何「中國」，這樣的筆觸，大概是自然流露的成分多。仔細的把成段成篇的文字拆開來看，他的文字竟十分平淡，很難見到驚人之筆。他側重以事象展示人前，縱有傾訴，也彷佛知友共話，沒有咬文嚼字的必要。精雕細琢的文字容易引起讚嘆，但論到說服力，卻要屬樸質平淡佔上風。前者易於表現優點，後者易於顯露缺點，因此到了相當程度，駕馭平凡反而需要更多的鍛鍊。我們以這個標準看《生活在瓶中》，就會發現作者對於駕馭平凡著實下過苦功的。

《生活在瓶中》寫的是這一代的移民，他們大多都受過高等教育，有執著，有理想。他們的認識遠超過上一代，他們也絕不以溫飽為滿足，甚至於他們永遠沒有滿足的時候。他們的自覺性很高，而且生活的圈子遠比上一代的移民開闊。我們怎麼看也找不出新的一代跟老的一代的相似之處，但是他們兩者之間有一點是相同的，那就是他們都在飄泊掙扎中輾轉浮沉，都有鄉愁，也許自覺性高的，痛苦反而更深刻。

我們看到的是一篇小傳，重點在於心路歷程。恍如一則《愛麗絲夢遊》，一位昂揚奮發豪氣干雲的少年，經歷了許多的悲歡，他不停的自省省人，由肯定而懷疑，由懷疑而絕望。時間與空間的轉換，類似電影化了的意識流，然而並未流於深晦。行文間透出作者下筆不能自休的激情，如果我們不考究小說的客觀定義何在，只問作品動人的程度如何，這篇作品倒能煽起少年人的浪漫情懷，中年人的熱切回憶，老年人的唏噓感慨。既然，「生活在瓶中」，既然在瓶中奮力的掙扎向上，整篇作品描述的也就類乎於浮雲遊子的天問了。

無論我們的想法如何，人生中還是有擺脫不掉的責任，每一個動機都能觸發為行為，每一個行為都會帶來另一個生命歷程的基因。可憐的人類常常就在不知不覺中自己細綁了自己，終至不可自拔的絕望。主人公在一團迷亂中，身不由主的以生命來贖生命的罪。最後他什麼都沒有了，他只知追尋那在偶然間使一位他不愛的少女懷孕而生下的孩子。他只意識到如果在這世界上還有一點讓他生存下去的理由，則必然是孩子與孩子的母親。然而，他們卻在遙遠的、陌生的世界中，可望而不可即。讀書至此，難禁椎心之痛！

這當然不是喜劇，但若要承認是悲劇卻需要勇氣的，我們寧願相信，追尋的本身便是神聖莊嚴的，人生的許多苦難，畢竟是「人」才有的苦難，我們該為苦難而歌頌，同時也為作者書中的人物祝禱，這些與苦難同屬永恆的人。我們還要感激天下像作者一樣閱盡風霜猶帶慈心，並不著一絲恨意的人。

——原載一九七八年十一月《時報周刊》

（附錄二）

馬森的旅程

陳雨航

○

「很早我就養成了一種把每日所見、所遇、所感記錄下來的習慣。我的日記打十二歲開始，一直持續了將近二十年，才因工作與家事的繁忙而中斷了。除了寫日記以外，我也寫故事……

「大學時期，大概是民國四十二、三年吧，我參加了教育部舉辦的大專青年創作比賽，獲得小說第一名，那時候國內還沒有電視，倒是上了在戲院正片之前放映的新聞片，記者問我將來是不是計畫成爲小說家？

「我回答說，我也不知道。」

一

基隆碼頭，一九六〇年。

年輕的馬森揮別了家人、熟悉的土地，航向他的未來——

到巴黎去學電影。

為什麼是巴黎？為什麼是電影？

馬森：那時候，我是師大國文系的講師，我很喜歡法國文學和藝術，所以學習了法文。正好法國提供了三名獎學金，我便參加了教育部主辦的這次考試。我在國內的大學和研究所念的是中文，總不能到法國去念中文吧。另一方面，我在大學時代便參加了師大劇社的活動，也曾一度加入中影公司的前身農教公司當演員，雖因進研究所而作罷，但是對電影的興趣仍不稍減，有這樣一個機會到法國去，自然要學習電影和戲劇這樣的課程，所以我進了法國巴黎電影高級研究院學導演。

二

《生活在瓶中》的序〈懷念在巴黎的那段日子〉裡，您描述了那個時期的一些事情，感覺上相當浪漫，是這樣嗎？

馬森：不全然是，我也有格格不入的感覺。大體上，我在巴黎的日子是相當忙碌的，尤其是我當學生的時期。我每天看兩部到三部的電影，還要上課、寫論文、觀賞戲劇演出等等。

在這段學生時期，馬森拍攝和剪輯紀錄影片，導十六糎短片，受演員訓練，編導三十五糎的影片《人生的禮物》等，並且完成畢業論文《二次大戰後中國電影工業之發展》。

畢業後的馬森，本想以自己對電影的認知與技術投入電影界，但一個東方人要打進法國影界非常困難，馬森只爲瑞士電視台拍製過一部紀錄電影：《在巴黎的中國人》。

不久，馬森回到他的老本行，教書。他在巴黎大學教授中國文學，同時在巴黎大學漢學研究所修博士課程。

在這段時期，我們不免會想到《歐洲雜誌》，是不是能夠談一點這本雜誌當時的情形？

馬森：到巴黎幾年後，中國同學越來越多，有學畫的、有學文學的，也有學法律的、經濟的，我們常在一家咖啡館裡會面，《歐洲雜誌》便是從這裡醞釀出來的。雖然大家都很熱心，可是也都忙於生活問題，不容易有足夠的時間撰稿。當時對這本雜誌出力最多的是金戴熹，編輯工作多半是由他支持起來的。《歐洲雜誌》在一九六五年創刊，發行雖不廣，爲期也不久，但也發生了一些影響。後來《歐洲雜誌》因爲國內缺少負責人而難以維持下去，那時，我已經離開法國到墨西哥一年了。

是甚麼原因使您離開住了七年的法國而往墨西哥去呢？

馬森：在巴黎的生活並不都是歡樂舒暢的。因爲我幼年時代是那麼的動盪不安，戰禍的悲慘、親人的生離、生活的艱苦，早就使我隱隱地察覺到人生似乎是爲受苦而來的。在巴黎看到法國人的歡樂與安詳，總覺得有些格格不入，並且深深地感覺到我是應該屬於另外那受苦的一群。這恐怕是我選擇離開法國的潛在原因吧！另一方面，我的教書工作雖然還得心應手，但在心情上卻不太帶勁。碰巧有一個機會到墨西哥去，我便做了決定。

三

在墨西哥，馬森是墨西哥學院東方研究所的中文部教授，墨西哥學院是墨西哥革命黨（執政黨）培養高級幹部的場所。在整個中美洲西班牙語系的學院中，中文研究所僅此一家，他又是唯一的教授，因此，在墨西哥的五年馬森沒有壓力，生活悠遊愜意，寫作生活也具體起來。

這段時期，馬森最主要的作品是；一、後來結集爲《馬森獨幕劇集》的一系列獨幕劇；二、長篇小說《生活在瓶中》；三、《北京的故事》系列短篇小說。

《馬森獨幕劇集》可以說是一系列的荒謬劇，您能告訴我們您的觀點和所受到的影響嗎？

馬森：荒謬劇，就如存在主義在文學中所探索與表達的荒謬一般，實質上並不眞是荒謬的，只不過是一種觀點的轉移。如果站在傳統的觀點以爲現代是荒謬的，那麼站在現代的觀點同樣會感覺傳統是荒謬的。現代人，不容否認地，對我們所居留的世界、宇宙，及對人之爲人的心態，有更爲深入廣闊的探求與發現，遠超過傳統的繩墨藩籬之外。這就在各方面都產生了觀察深度的增長與觀察角度的放大與轉移。一方面這好像表現了人的立場再不如在傳統的方式中那麼穩定，但另一方面卻也表現了人有了更大的自由。這種自由在各個不同的領域中，引起了現代人的生活方式、思維方法以及欣賞趣味的極大變化。因此，現代劇（包括荒謬劇在內）的表現方式與內容，自與傳統的戲劇大異其趣。

我並不認爲我的劇與西方的荒謬劇完全相同。

在我的劇中，我所關心的問題，我所企圖要表達的意念，跟我所採用的表達形式有密切的關係。換一句話說，一方面內容決定了形式，另一方面形式也決定了內容。它的表達方式與內容，不是傳統的，既不是西方的傳統，更不是中國的傳統，然而卻受著西方現代劇與中國現代人的心態的雙重支持，換一句話說，在形式方面接受了西方現代劇的影響，在內容方面表達的則是中國現代人的心態。

《生活在瓶中》的背景是巴黎，這有可能意味著您的生活嗎？

馬森：並不。我有一些作品是近於自傳的，也有的作品牽涉到我的親人、朋友的，我都不便發表。

《生活在瓶中》和獨幕劇的大部分一樣，大體上是醞釀在巴黎，而於墨西哥寫就的創作。

《北京的故事》呢？我們很驚訝地發現它早在一九七〇年就完成了，而遲至去年（一九八三）才在國內發表。另一方面，您在那時並未到中國大陸去，它是怎樣完成的呢？

馬森：我是在濟南附近的齊河出生的，中學時代曾經在北平住了一年多，對那裡很熟悉，也很喜歡。

《北京的故事》基本上是靠我的直覺和資料寫成的，那時候是「文革」時期，在報章雜誌上有著大量的資料。

《北京的故事》最先是用法文寫的，我的一位法國作家朋友看了，覺得不錯，爲我介紹了一家出版社，那家出版社的編輯在會審時，誤會了我這部作品是翻譯的，所以沒有出版。我的法文被認爲是翻譯的文筆這件事使我很灰心。後來另一家出版社計畫在香港出版中法文對照本，都談好了，那家出版社突然倒閉，結果又未能出版。

之後，我用中文改寫了前面三、四篇，在香港《明報月刊》發表，用的是筆名，不少人誤以爲作者是從大陸逃出來的呢。在「人間副刊」上發表的是重新改寫的。

四

是什麼原因使您離開您稱之爲「急流中的湖泊」的墨西哥歲月，而到加拿大去呢？

馬森：我到加拿大是去重新做學生的，我去念社會學。

這件事在我的生命中是個很大的決定。這件事受「文化大革命」的影響很大。中國人到底發生了什麼問題，怎麼做出這樣的事情來呢？做爲一個中國人，我很關切中國的社會和文化，她到底發生了什麼病症呢？我很想分析這些問題，可是我過去的學歷全是文學、藝術、戲劇等方面的，沒有能力在社會和文化等方面做研究和分析。雖然那時我有回國的念頭，但趁著人在西方，可以利用這個機會再學一點社會科學方面的知識，以便有能力分析中國的社會與文化問題。正好我有一位比利時的朋友在加拿大英屬哥倫比亞大學教書，我問了那邊的情況後，便下了決心，於一九七二年到加拿大去。

從爾雅版《夜遊》附錄的寫作年表裡，我們發現您在一九七五年到一九七八年那幾年間的產量相當豐富，計有已經結集的短篇小說集《孤絕》（聯經）、《海鷗》（爾雅），長篇小說《夜遊》和未發表的長篇小說《艾迪》等，有甚麼特別的因素嗎？

馬森：這倒是眞的，到了加拿大後，我的生活發生了很大的轉變。年輕的時候，我一直在學校裡，不是當學生，就是教書，雖然我也參加戲劇演出和很多其他的活動，但是都沒有參加社會上的活動，對人生的體驗不夠，好像青春一忽兒就過去了，大致可以說是「純純的」那種青春。到法國之後，重做學生，與年輕的同學爲伍，彷彿又有了第二個青春，卻又因功課壓力極重，沒有什麼時間認識人生的問題。

到了加拿大，由一個教授第三度成爲一個學生。我的同學仍然是十分年輕，他們也未發覺我與他們的年齡差距，加以加拿大自由的環境，我忽然在心理上年輕起來，我發現我還可以再過年輕時未曾經歷的生活。那幾年我過得十分自由自在。這第三度的青春給了我許多生活的刺激和情緒上的發展。我過去的情緒一直是收斂的，那幾年的加拿大生活，文化空氣和心理的因素使我的情緒爆發出來，我又重新發現了自己，這一點對我寫作產量的增加可能有影響。

一個作家要能寫出東西來，第一要有自己的生活；第二要情緒能發揮出來。否則只能成為一個學者的作家，那就是只用腦子的作家，文學作品不只是腦子的活動，而是一個完整的人的活動，包括情緒、思想、經驗等一切整體的表現。

在甚麼情況下寫成《孤絕》和《海鷗》的？

馬森：《孤絕》和《海鷗》裡的短篇小說都是在加拿大的時期寫成的。《海鷗》這本書的時期拉得比較長，而《孤絕》的時間比較短，差不多是我在寫博士論文的同時，可以說是我的論文的副產品。

我在論文寫得很煩的時候，便停下來寫小說。一個是理性的，一個是感性的，兩者配合得很好，使我的精神獲得一種平衡。我完成了論文（第三世界的經驗社會發展），同時也完成了許多短篇小說。

您研究社會學，對於您想分析中國的問題，提出了答案嗎？

馬森：我當初曾經考量中國未來的方向，那時我想，中國應當找出有別於西方和蘇聯的模式而走出第三條道路來，它也許具有西方的長處而又可保留中國的特點。這第三條道路很難尋，我研究了多年社會學，可並沒能尋出一條路子來。然而對第三世界的社會、經濟畢竟加深了了解。

然後就是您那部長篇小說《夜遊》了。《夜遊》探討了性觀念、婦權、人類的未來、文明與野性等等文化方面和社會方面的問題，主題十分龐大，您是怎樣去構思這部小說的？

馬森：住在加拿大溫哥華的期間，我感覺到許多中西文化衝突的現象，那時，因爲研究社會學的關係，我常常用社會學的觀點來看這些問題。我忽然想到也許可以用文學的方式把這些問題表現出來。

一開始的構想是比較抽象的觀念，後來，我覺得應該藉一個女人的眼光來看這些問題。因爲我是一個男性作者，我自己過去對女性也有一些偏見，這本書多少也有些自我批判的意味。我應該多離開我自己的觀點，想辦法深入另一個性別的觀點來看這些社會問題。

我特別感到中國也好西方也好，女性在工作和家庭方面都是很吃虧的，許多事情，男人可以做，女人卻不可以做。而在傳統以男性爲主的社會，常常鼓勵女性去做對男性有利的事情，而不以女性的立場來辨別那些是對女性有益的事。《夜遊》嘗試著以女性的觀點和視野來分析一切。

另一方面，我是生長在傳統社會中的男性，眼光受到很大的局限，我過去寫的書很少用女性的觀點來看問題，這次做新的嘗試，希望突破我自己，也就是說突破我過去的作品，也突破我過去生活裡的行爲和看法。

我以爲做爲一位男性作者應該站在公正的立場說話，畢竟男女性的關係十分密切，不必那麼壁壘分明。我希望讀者，特別是男性讀者，應該想辦法超脫自己的局限，承認女人有權利說話，有權利看問題，也有權利表現她自己的感覺。

過去有許多作品，都是從男性的感覺出發，甚至有許多女作家作品裡的觀念也是以男性對她的要求出發的，她有時不敢寫她眞正的感覺。《夜遊》希望能讓女性勇於表達她們眞正的感覺。

這本書大致寫了一年的時間，完稿後，曾經拿給白先勇看，他提出了不少意見，我因此又刪改了一番，成爲現在的面目。

五

馬森在加拿大住了七年，獲得社會學博士後，分別在阿爾白塔及維多利亞大學任教。一九七九年，馬森再度「遷徙」，他應聘赴英國倫敦大學亞非學院執教，在那裡，他成爲終身職。

一九八〇年，去國二十年之後，馬森第一次返國。

「離開這麼長久，在飛機上，我想當我踏上故土時，我也許會熱淚盈眶，或者會感情激動，不能自抑，但是沒有，我行過中正機場的航空大廈時，覺得它和歐洲的那些大機場一樣，雄偉而現代。我表現得很冷靜，雖然我內心裡高興極了。」

那次之後，馬森又回來了一次。去年（一九八三），他應國立藝術學院（現爲國立台北藝術大學）之邀第三度回台，在戲劇系擔任客座教授。

一年來，馬森成了國內學藝界最活躍的人士之一，他在藝術學院授課，帶表演課程，導演他自己的幾齣戲《強與弱》、《腳色》以及尤涅斯科的《禿頭女高音》等。教書之餘，他還經常應各大學或其他單位的邀請演講。

在寫作方面，馬森除了在中時「人間副刊」發表《北京的故事》及撰寫「東西看」專欄之外，還經常應各報刊雜誌編輯之邀，撰寫有關戲劇及電影的文章。馬森說這是他最忙碌的一年。

繼五、六年前在國內出版《馬森獨幕劇集》、《生活在瓶中》、《孤絕》三本書之後，馬森在今年年初由爾雅出版社出版了《夜遊》，和以往不同的，《夜遊》獲得了讀者強烈的反響，短短三個月間即銷行到第四版，以較嚴肅的小說而言，這是十分難得的現象。緊接著，《北京的故事》（時報）與《海鷗》（爾雅）又即將出版。

您的作品，以《夜遊》的反應最大，有一些讀者認爲您提出的問題都太「前衛」了而很難接受，不知道您的看法如何？

馬森：在一個文化裡，就需要有不同的意見來衝激這個文化。一個文化如果要往前推進，就不能只允許一個意見一成不變的繼續下去，而是需要時時有新的反省，時時有新的刺激和衝激，這是一種辯證的發展。不一定新的就一定比老的好，但新的一定有和老的不一樣的地方。

在您的作品裡，「存在主義」似乎是無所不在，這是您作品中的特色之一，您能告訴我們「存在主義」對您的影響嗎？

馬森：在國內時，尙未有存在主義的引進，一九六〇年，我到法國時，從一些存在主義作家沙特、卡繆、貝克特、尤涅斯科等人的作品接觸到這個思潮。由於這些存在主義作家的看法與他們的生活的一致，使我很能接受他們的看法，自然就受到了影響。存在主義有兩點對我的影響特別大。一是它確定人到世界上來是自由的，一旦你有了自覺，自己做爲一個個人的存在以後，你就完全自由，你可以做各種各樣的選擇。其次，因爲你有自由，你就負了很大的責任，你要爲別人負責，但更重要的是你要對你自己的存在負責，也就是不辜負你自己的存在現象。生命是短暫的，你如何完成你短暫的生命是一個重要的課題。

我曾經爲自由和責任思考過很久，所以我想在我的作品裡自然會無意中流露出來。

早期，您是研究中國文學的（師大國文系、國文研究所），然後您在西歐、拉丁美洲、加拿大等地長住過，研究的範疇則擴展到電影戲劇和社會學等等，這樣複雜的地緣關係與截然不同的文化，對您產生的影響究竟有多大？

馬森：影響很大，至少使我對文化與社會的看法十分客觀。

我最早受儒家思想的影響很大，我不敢說能跳開它的影響。到了法國以後，讓我脫離了中國的文化，發現到另一個西方的文化，到了墨西哥之後又發現語言與文化和法國又完全不同，墨西哥文化是西班牙與印第安文化的複合體。這三種不同的文化與標準已經使我有超越文化藩籬的傾向。到了加拿大，加拿大的歷史十分淺，居民都是各地來的，各種各樣的文化都在此交互影響，交互衝激，使我益發感覺到從前的主觀。以前認爲可貴的不再覺得就是那麼可貴；以前輕視的，不一定就該那麼輕視。那時，我得應用新的角度衡量一切，而這新的角度更能超越文化的範限。

我現在與從未出過國的朋友談話，就發現到他們無法超越他們的文化母體；甚至我與從台灣只到過美國留學的朋友談話，也發現到他超越了他的文化母體，卻又掉進另一個文化裡面去，他發現原來的文化有許多都不對了，對的是美國的文化，也就是說，他從一個絕對到了另一個絕對。

我轉了這麼多彎之後，不會從一個絕對跑到另一個絕對，我對很多事情都採取一種相對的看法，都不是一個絕對的態度。因爲我覺得沒有一個文化是絕對的，每一個文化都有他的主觀成分在內，也許把幾個文化都比較了以後，才能找到一個「比較」客觀的東西。今天的看法，我懷疑有所謂絕對的客觀，只是都是相對的；我也懷疑有所謂絕對的眞理，眞理也是相對的，你在追求眞理的時候，眞理也在一天天的改變，你接近它的時候，它又離開你了。這種感覺和我在不同的國家的不同的生活很有關係。

「孤絕感」是現代人的寫照，也是您作品裡的一大特點，這是否多少與您長久生活在不同的文化裡，且一再遷移有關？

馬森：不是這樣的原因，至少不是主要的原因。「孤絕」最重要的還是表現目前西方工業化社會所帶來的疏離感。這也可以說代表著台灣的現在與未來，因爲台灣現在已工業化，也接近了孤絕與疏離的心境了。

我爲什麼說孤絕並不代表一個外國人生活在異國的文化裡的心境呢？因爲我是一

個很容易適應的人，我在法國適應得很好，同時我也和法國人結婚，適應了他們的社會。但是說到參與，我在法國並沒有眞正參與到他們的社會裡去，在墨西哥也是一樣，我唯一眞正參與進去的社會是加拿大。爲什麼我在加拿大能成功地參與進去呢？因爲加拿大先天是個移民的國家，她有各種各樣的人在其中，我感覺自己不受排斥，事實上我感覺到加拿大的朋友和其他的人都敞開懷抱來接受我，這是連法國都沒能做到這樣徹底的地步，雖然我和法國人有著婚姻的關係，我的法國婚姻的家庭整個接受我，但在社會上，並不感覺到法國人接受一個中國人，因爲法國是一個單純的國家，一個外來的人，很明顯的可以看出來。有特別的情形可以接受你，可是整個的社會卻不接受你。加拿大則是可能有特別的情形不接受你，但整個的社會接受你。

我在加拿大被社會接受，而不是孤絕於社會以外的人。爲什麼還有孤絕感呢？那就不是我一個人的問題，而是整個工業社會的現象。

所以，孤絕的形象是當前工業化社會的普遍現象，而不是一個異國人所感覺的現象。

評論家曾經指出您的感覺敏銳纖細，您在《馬森獨幕劇集》裡，也談到中西方對「感覺」不同之處。「感覺」的描述成了您作品的特色之一，請問您如何看待「感覺」？

馬森：基本上，中國的文化太傾向思想而輕忽感覺。我曾經寫過一篇論文〈論老人文化〉，認為中國從周朝開始就是一個老人文化，一切以老人的思想與視野來看問題。因為老人的感覺都退化了（除了味覺），所以偏思想而輕感覺。老人以老人的視野看問題，就是年輕人也偏向老人的視野，所以使得整個文化壓制感覺，不讓感覺發散出來，譬如說對性的壓制，甚至將性視為污穢或不道德等歪曲的觀念。西方過去也有這種障礙，不過經十八、十九世紀，科學與心理學方面的洗禮，已經超越了這種問題，可以將之視為自然客觀，不再視為神祕。中國人未能超越這種問題，因之在感覺方面受到壓抑，使得中國的文學與藝術受到窒息。我自己是生長在中國文化裡的，雖然經過後天的努力，也不能完全擺脫幼年所受到的影響。

經過幾個文化的轉折，我在感覺上開放了自己，特別在感覺的觀念上開放了自己，不再抱持成見。

因為身體有許多自然的需要，譬如說吃東西、飲水以及性的需要，是不是應該說吃飯是可貴的，而性又是卑賤的呢？是不是應該有一種成見將各種欲望和需要加以類別呢？我想，這不需要。原來存在的東西都有它原來存在的道理和價值，不須以後天文化性的成見來約束，否則，人整個的發展就會受到扭曲，反而不健康了，這是我個人對感覺的看法。

批評家同時認爲您在《夜遊》裡直接說理的成分太重，雖然擲地有聲，卻不夠含蓄，不夠複雜，您認爲這種看法如何？

馬森：我認爲文學和藝術最重要的出發點是感覺，而不是從理性出發。評論家認爲我的小說太重理性，也許他說得對，我未能做到擺脫理性人的地步，我應該要做到完全從感性出發。如果我在《夜遊》裡未能做到，那是我失敗的地方，我想他的批評是對的，對我很有幫助。

您的寫作方式，傾向於對人的感覺世界的描述與對人心內在之體察，也就是「內在的寫實」或「主觀的寫實」(《孤絕》序)，爲什麼您會做這樣選擇呢？

馬森：西方寫實主義與自然主義的作品是我過去最喜歡的作品，像福樓拜、左拉、屠格涅夫、托爾斯泰等人的作品都是寫實主義的作品，我大學時期看的小說也就是屬於這一類。我覺得他們用很客觀的態度去呈現眞實的人生，雖然人生有許多悲苦，人性有許多陰暗，他們也都毫無掩飾的表露出來，而不以教化的藉口去掩飾許多人生的眞相，這都是很可取的地方。

我後來在法國接觸到許多現代主義的作品，從卡夫卡以降，有許多包括戲劇在內的文學作品，其形式都不是寫實的，與十九世紀的寫實主義相差很遠。可是我發現它的精神還是寫實的，也是要發掘人生的眞相，只是形式上不是寫實罷了。我就領悟到，所有的文學作品和藝術作品都是追求一個眞實，只不過在形式上有所不同，爲什麼我們一定要堅持在形式上如照相般呈現才是寫實，而用另外的如素描、潑墨、書法等其他看起來不像模擬人生，其實表現人生更深入的層面的手法卻不是寫實呢？「外在的寫實」我指的是十九世紀福樓拜、左拉他們那一派，以及模擬這一派的作品，像中國五四以來的作品。中國五四以來模擬寫實主義的作品，小說也好，戲劇也好，有許多是很失敗的，它外貌上模擬，但內裡觀察人生不夠深刻，未能忠實表達人生，常有虛矯之處，也就是在寫實的外貌裡卻攙進了理想主義或者虛構的東西，這個我稱之爲「擬寫實主義」或「假寫實主義」，在我的看法裡，極不可取。眞正的寫實主義雖然很好，但我認爲並不是唯一的道路，所以我稱之爲「外在的寫實」。「內在的寫實」，其表現手法、文學形式不一定是寫實的，可能是象徵式的或夢境式的，可是它顯示出更多的眞實。我在《孤絕》裡採取的就是「內在的寫實」。在那本書裡面，我用了各種方法，有許多文字上的嘗試，描述上的嘗試，或者是表現上的嘗試，企圖在「內在的寫實」的表現上創立一個新的形式。至於成功與否，就有待讀者和評論家來看了。可惜，這本書似乎沒有什麼反應。

六

記得您第一次回國時，對國內的戲劇有很深的印象，經過這幾年，您有甚麼新看法嗎？

馬森：戲劇又朝前發展了。那時剛剛嶄露頭角的蘭陵劇坊已經有了其他不同的表現，比過去進步。蘭陵之外，又還有其他的小型劇團出現，像方圓、小塢等等。最重要的是有許多好的劇本產生，尤其是年輕人當中，也有相當不錯的創作劇本，這一切都給了我很大的鼓舞。

很可惜的是我們仍未有職業劇團出現，但我認為遲早都將產生，只是時間的問題。

電影呢？

馬森：三年前我初次回來時，覺得文學有長足的進步，卻嘆息於電影的退步。但這一年來卻是大不相同，這次回來正好趕上電影的新潮，我看了不少重要的新出的電影，像《油麻菜籽》、《風櫃來的人》、《看海的日子》等，都有新的表現，我覺得電影與文學結合得很好。

您認為文學在現代社會裡，應當扮演怎樣的角色？

馬森：文學是一種藝術，主要是以思想、感覺為內容而以文學形式表達。文學的內容與形式是一致的。文學本身是自足的，它的本身就是目的，而不是手段，當然更不是教育的工具。

我並不是反對文學有教育功能，但以為文學的主要功用並不在教訓他人。我認為文學的主要社會功用倒在於——第一、使這個社會裡的人藉著追求藝術，能夠表現自己的情欲和情感。第二、文學擔當了人與人之間溝通的橋梁，讓作者與讀者間能夠產生互通、了解、同情、共鳴。我並不認爲作者的思想必須要比讀者高明。要作者做之君、做之師去教訓別人，我不贊成。做爲一個作者，我並不認爲我比別人高明到那裡去，我不過是要別人了解我的問題，同情我的問題而已。文學最重要的目的不是教育或教化別人，我想沒有一個作者有資格敢於做別人的老師去教訓人，特別是在當代教育是這樣普及的情況下。

寫作了這麼多年，馬森依然在這條途程上堅定往前，他認爲文學在一國的文化發展中佔了一個重要的地位。

大概是在這種信念之下吧，馬森曾經轉述過法國前總統季斯卡的一段話——

季斯卡說：「當總統並非我的第一志願，我的第一志願是成爲一個小說家，然而我實在是寫不過莫泊桑、福樓拜，只好退而求其次當總統了。」

七

馬森，一百八十多公分高的頎長身材，歲月飛逝如斯，卻只能在他的臉上留下些微跡痕，黑框眼鏡之後是飛揚的眼神，他的談話從容，時而吐出智慧的話語。

——原載一九八四年六月《新書月刊》第九期

（附錄二）

馬森作品出版年表

小說

《巴黎的故事》

台北：寰宇出版社，一九七〇年（收錄其中四篇小說，原爲馬森、李歐梵合著《康橋踏尋徐志摩的蹤徑》）

香港：大學生活社，一九七二年十月（原書名爲《法國社會素描》）

台北：爾雅出版社，一九八七年十月

台南：文化生活新知出版社，一九九二年二月

台北：印刻出版公司，二〇〇六年四月

《生活在瓶中》

台北：四季出版社，一九七八年四月

台北：爾雅出版社，一九八四年十一月

台北：印刻出版公司，二〇〇六年四月

《孤絕》 台北：聯經出版公司，一九七九年九月
北京：人民文學，一九九二年二月（加收《生活在瓶中》）
台北：麥田出版社，二〇〇〇年八月

《夜遊》 台北：爾雅出版社，一九八四年一月
台南：文化生活新知出版社，一九九二年九月
台北：九歌出版社，二〇〇〇年十二月

《北京的故事》 台北：時報出版公司，一九八四年五月
台北：時報出版公司，一九九四年四月（紅小說二十七）

《海鷗》 台北：爾雅出版社，一九八四年五月

《M的旅程》 台北：時報出版公司，一九九四年三月（紅小說二十六）

戲劇

《腳色：馬森獨幕劇集》 台北：聯經出版公司，一九七八年（原書名爲《馬森獨幕劇集》）
台北：聯經出版公司，一九八七年
台北：書林出版公司，一九九六年

《我們都是金光黨／美麗華酒女救風塵》 台北：書林出版公司，一九九七年

散文

《愛的學習》 台北：爾雅出版社，一九八六年九月，（原書名爲《在樹林裡放風箏》）
台南：文化生活新知出版社，一九九一年三月

《墨西哥憶往》 台北：圓神出版社，一九八七年八月
香港：盲人協會，一九八八年（盲人點字書及錄音帶）

《大陸啊！我的困惑》 台北：聯經出版公司，一九八八年七月

《馬森作品選集》 台南：台南市立文化中心，一九九五年四月

《追尋時光的根》 台北：九歌出版社，一九九九年五月

論文

《馬森戲劇論集》 台北：爾雅出版社，一九八五年

《文化、社會、生活：馬森文論一集》 台北：圓神出版社，一九八六年

《東西看：馬森文論二集》 台北：圓神出版社，一九八六年

《電影中國夢》 台北：時報出版公司，一九八七年

《中國民主政制的前途：馬森文論三集》 台北：圓神出版社，一九八八年

《繭式文化與文化突破：馬森文論四集》　台北：聯經出版公司，一九九〇年

《當代戲劇》　台北：時報出版公司，一九九一年

《中國現代戲劇的兩度西潮》　台南：文化生活新知出版社，一九九一年

《東方戲劇．西方戲劇》　台南：文化生活新知出版社，一九九二年

《西潮下的中國現代戲劇》　台北：書林出版公司，一九九四年

《燦爛的星空——現當代小說的主潮》　台北：聯合文學出版社，一九九七年

《戲劇——造夢的藝術》　台北：麥田出版社，二〇〇〇年十一月

《文學的魅惑：馬森文論六集》　台北：麥田出版社，二〇〇二年四月

（附錄四）

馬森著作年表

一九五八 〈莊子書錄〉台灣師範大學國文研究所集刊第二期，頁二四三—三二六。

一九五九 〈世說新語研究〉（論文）國立台灣師範大學國研所。

一九六三 *L'industrie cinémathographique chinoise après la seconde guerre mondiale*（論文）Institut des Hautes Études Cinémathographiques, Paris.

一九六五 "Évolution des charactères, chinois", *Sang Neuf* (Les Cahiers de l'Ecole Alsacienne, Paris), No. 11, pp. 21-24.

一九六八 "Lu Xun, iniciador de la literatura china moderna", *Estudios Orientales*, El Colegio de Mexico, Vol. III , No. 3, pp. 255-274.

一九七〇 〈在巴黎的一個中國工人〉、〈法國的小農生活〉、〈保羅與佛昂淑娃絲〉、〈安娜的夢〉（社會素描）收入《康橋踏尋徐志摩的踪徑》台北寰宇出版社，頁四八—一〇二。

"Mao Tse-tung y la literatura: teoria y practica", *Estudios Orientales*, Vol. V. No. 1, pp. 20-37.

一九七一 *La casa de los Liu y otros cuenos*（老舍短篇小說西譯選編）El Colegio de Mexico, Mexic, 125p.

"La literatura china moderna y la revolucion", *Revista de Universitad de Mexico*, Vol. XXXVI, No. 1, pp.15-24.

"Problems in Teaching Chinese at El Celegio de Mexico", *Journal of the Chinese Language Teachers Association in North America*, Vol. VI, No. 1, pp.23-29.

〈論老舍的小說〉《明報月刊》第六卷第八期，頁三六—四三；第九期，頁七七—八四。

一九七二 《法國社會素描》香港大學生活社，一四六頁。

〈兩個世界、兩種文化〉（評論）收入《風雨故人》台北晨鐘出版社，頁八七—九○。

一九七五 〈癌症患者〉（短篇小說）收入朱西甯編《當代中國小說大展》（第二輯）台北時報出版公司，頁三五三—三七九。

一九七六 〈癌症患者〉收入朱西甯編《中國現代文學年選》台北巨人出版社，頁一○○—一一七。

一九七七 *The Rural People's Communes 1958-1965: A Model of Social and Economic Development*（博士論文）University of British Columbia, Vancouver, Canada.

一九七八　《馬森獨幕劇集》台北聯經出版事業公司，二一五頁。

《生活在瓶中》（長篇小說）台北四季出版公司，二九六頁。

〈序王敬羲等著《香港億萬富豪列傳》〉香港文藝書屋，頁一—七。

一九七九　《孤絕》（短篇小說集）台北聯經出版事業公司，二〇〇頁。

一九八〇　〈康教授的囚室〉（短篇小說）收入《小說工作坊》台北聯合報社，頁四一—六一。

〈聖者、盜徒讓．惹奈(Jean Genet)〉《幼獅文藝．法國文學專號》第三一四期，民國六十九年二月，頁八一—九一。

〈滑稽，還是無言之詩——馬歇．馬叟（Marcel Marceau）的啞劇藝術〉《幼獅文藝．戲劇專號》第三一四期，民國六十九年十二月，頁一五九—一七一。

一九八一　〈康教授的囚室〉收入《聯副卅年文學大系》（小說卷6）台北聯合報社，頁四一—六一。

一九八二　〈話劇的既往與未來——從《荷珠新配》談起〉（評論）收入《蘭陵劇坊的初步實驗》台北遠流出版公司，頁八九—一〇〇。

〈隱藏在本土的一塊美玉——論七等生的小說〉《時報雜誌》第一四三期，民國七十一年八月二十九日，頁五三—五五；第一四四期，民國七十一年九月五日，頁五二—五四。

一九八三　〈孤絕〉、〈康教授的囚室〉收入《台灣小說選講》（下）上海復旦大學出版社，頁三六三

—二九二。

一九八四

〈等待來信〉（短篇小說）收入《海外華人作家小說選》香港三聯書店，頁二一〇—二一九。

《夜遊》（長篇小說）台北爾雅出版社，三六三頁。

〈尋夢者〉（短篇小說）收入《七十二年短篇小說選》台北爾雅出版社，頁二六一—二六九。

《北京的故事》（短篇寓言）台北時報出版公司，三〇九頁。

《海鷗》（短篇小說集）台北爾雅出版社，一九六頁。

《生活在瓶中》（新版）台北爾雅出版社，二一一頁。

〈記大英圖書館〉（報導）收入《大書坊》台北聯合報社，頁一五一—一五七。

〈序隱地《心的掙扎》〉台北爾雅出版社，頁七—一〇。

一九八五

《七十三年短篇小說選》（編評）台北爾雅出版社，二七八頁。

〈中國現代小說與戲劇中的「擬寫實主義」〉《新書月刊》第十九期，民國七十四年四月，頁一四—二〇。

《馬森戲劇論集》台北爾雅出版社，三七九頁。

一九八六

《文化・社會・生活》（馬森文論一集）台北圓神出版社，二一九頁。

〈電影對小說的影響——評《小鎮醫生的愛情》〉（評論）《聯合文學》第十五期，民國七十五年一月，頁一六八—一七二。

〈序陳少聰譯著《柏格曼與第七封印》〉台北爾雅出版社，頁一—九。

〈遠帆〉（短篇小說）收入《希望我能有條船》台北爾雅出版社，頁一—一三四。

《在樹林裡放風箏》（哲理小品）台北爾雅出版社，二〇一頁。

《東西看》（馬森文論二集）台北圓神出版社，二四五頁。

〈我的房東〉收入《海的哀傷》（海外作家散文選）台北希代書版公司，頁一五九—一六八。

《電影　中國　夢》（評論）台北時報出版公司，二九八頁。

〈緣〉（散文）收入龍應台《野火集外集》台北圓神出版社，頁二八九—二九五。

"L'Ane du père Wang"刊於法國雜誌 *Aujourd'hui la Chine*, No.44, pp.54-56.

一九八七

《墨西哥憶往》（散文）台北圓神出版社，一九六頁。

〈一抹慘白的街景〉（短篇小說）收入《街景之種種》台北道聲出版社，頁一一—一三一。

〈電影對小說的影響〉（評論）收入《七十五年文學批評選》台北爾雅出版社，頁一〇一—一一四。

《腳色》（劇作集）台北聯經出版事業公司，二九一頁。

《巴黎的故事》（短篇小說）台北爾雅出版社，一九八頁。

一九八八

《中國民主政制的前途》（馬森文論三集）台北圓神出版社，二九六頁。

《大陸啊！我的困惑》（隨筆）台北聯經出版事業公司，一七八頁。

《樹與女》（當代世界短篇小說選，編）台北爾雅出版社。三〇八頁。

〈鴨子〉（短篇小說）收入《中國當代短篇小說選》香港新亞洲文化基金會，頁一一〇—一二四。

《墨西哥憶往》（盲人點字書與錄音帶）香港盲人協會

〈世界文學新象——現代小說的發展趨勢〉（演講）收入《講座專輯》（3）台中市立文化中心，頁七二—八三。

一九八九

"Father Wang's Donkey"（translated by Michael Bullock）, *PRISM International,* Canada, January, Vol.27. No.2, pp.8-12.

"The Theatre of the Absurd in Mainland China: Gao Xingjian's *The Bus Stop*", *Issues & Studies*, Vol, 25, No. 8, pp. 138-148.

〈迷失的湖〉（短篇小說）收入《愛情的顏色》台北合志文化公司，頁一三三—一五八。

〈旋轉的木馬〉（短篇小說）收入《愛情的顏色》台北圓神出版社，頁四一—五九。

〈父與子〉（短篇小說）收入《親情之書》台北林白出版社，頁一三五—一四七。

〈父與子〉、〈孤絕〉（短篇小說）收入《中華現代文學大系》（小說卷貳）台北九歌出版社，頁五二七—五五一。

〈花與劍〉（劇作）收入《中華現代文學大系》（戲劇卷壹）台北九歌出版社，頁一〇七—一三五。

〈電影對小說的影響〉（評論）收入《中華現代文學大系》（評論卷壹）台北九歌出版社，頁五六一—五七〇。

《國學常識》（與邱燮友等合著）台北東大圖書公司，六一三頁。

〈生年不滿百〉、〈愛的學習〉、〈快樂〉、〈多一點與少一點〉、〈漫步在星雲間〉（散文）收入《向未來交卷》台中晨星出版社，頁一七七—一八五。

一九九〇

《繭式文化與文化突破》（馬森文論四集）台北聯經出版事業公司，二二六頁。

"The Celestial Fish"（translated by Michael Bullock）, *PRISM International*, Canada, January 1990, Vol.28. No.2, pp.34-38.

〈雲的遐想〉、〈在樹林裡放風箏〉（散文）收入《台灣當代散文精選》①台北新地文學出版社，頁二〇九—二一一。

〈兩次苦澀的經驗〉（散文）收入《人生五題》台北正中書局，頁一〇〇—一〇七。

〈藝術的退位與復位——序高行健《靈山》〉台北聯經出版事業公司，頁一—一二。

〈中國現代戲劇的兩度西潮——從台灣的舞台發展說起〉收入《台灣香港暨海外華文文學論文選》福州海峽文藝出版社，頁一八二—一九五。

"The Anguish of a Red Rose"(translated by Michael Bullock), *MAT RIX* (Toronto, Canada), Fall 1990. No. 32, pp. 44-48.

〈中國大陸的荒謬劇——以高行健的《車站》為例〉（論文）《文訊》第五十八期，頁七三—七六；第五十九期，頁八四—八六，民國七十九年八月九日。

〈演員劇場與作家劇場〉（論文）《中外文學》第十九卷第五期，民國七十九年十月，頁六七—八六。

〈燈下〉（故事）收入劉小梅編《攀登生命的高峰》台北業強出版社，頁九七—一〇一。

一九九一

《愛的學習》（馬森文集．散文卷1）台南文化生活新知出版社，二七九頁。

〈兒子的選擇〉（極短篇）收入《爾雅極短篇》台北爾雅出版社，頁四一—四四。

〈西潮東漸與中國新劇的誕生〉（論文）《文訊》第六十四期，頁五八—六二；第六十五期，頁五一—五三，民國八十年二月及三月。

〈台灣早期的新劇運動〉（論文）《新地》第二卷第二期，民國八十年六月五日，頁一七二—一九二。

《當代戲劇》（戲劇論集）台北時報文化出版公司，三五〇頁。

《中國現代戲劇的兩度西潮》（馬森文集・戲劇卷１）台南文化生活新知出版社，四一一頁。

〈在樹林裡放風箏〉、〈雲的遐想〉（散文）收入《台灣藝術散文選》（二）天津百花文藝出版社，頁二二一—二二〇。

《當代最佳英文小說》導讀Ｉ（與熊好蘭合編合譯）台南文化生活新知出版社，二二七頁。

《當代最佳英文小說》導讀II（與熊好蘭合編合譯）台南文化生活新知出版社，二一七頁。

〈序張啓疆《如花初綻的容顏》〉台北聯合文學出版社，頁一—四。

"Thoughts on the Curent Literary Scene", *Rendition* (A Chinese-EnglishTranslation Magazine), Nos. 35&36, Spring & Autumn 1991, pp. 290-293.

〈序蔡詩萍《三十男人手記》〉台北聯合文學出版社，頁一—九。

〈中國文學中的戲劇世界〉（演講）收入《人生的知慧》（文化講座專輯２）台南縣立文化中心，頁一八一—一九一。

〈演員劇場與作家劇場〉（論文）收入《文學與美學》第二集　台北文史哲出版社，頁三一一—三二八。

《小王子》（翻譯法國聖修伯里原著）台南文化生活新知出版社，一一八頁。

〈放在天空中的風箏：談社會學與文學〉（電視演講）收入《文學與人生》華視文化公司，頁八三—一一五。

〈兒子的選擇〉（散文）收入江兒編《快樂藍調》台中晨星出版社，頁二七—三〇。

"The Theater of the Absurd in Mainland China: Kao Hsing-chien's *The Bus Stop*" in Bih-jaw Lin (ed.), *Post-Mao Sociopolitical Changes in Mainland China: The Literary Perspective*, Taipei, Taiwan, National Chengchi University, pp. 139-148.

一九九二

《巴黎的故事》（馬森文集．小說卷1）台南文化生活新知出版社，一九〇頁。

《夜遊》（馬森文集．小說卷2）台南文化生活新知出版社，四一三頁。

〈「台灣文學」的中國結與台灣結——以小說為例〉（評論）《聯合文學》第八十九期，民國八十一年三月，頁一七三—一九三。

〈序王雲龍《鄉土台灣》〉台南文化生活新知出版社，頁一—二。

〈尋夢者〉（短篇小說）收入《洪醒夫小說獎作品集》台北爾雅出版社，頁二一—二九。

〈我在師大的日子〉（散文）收入《繁華猶記來時路》台北中央日報出版部，頁九七—一〇四。

《孤絶》（台灣當代名家作品精選集．小說系列）北京人民文學出版社，一六四頁。

《東方戲劇．西方戲劇》（馬森文集．戲劇卷2）台南文化生活新知出版社，四一九頁。

〈情境的魅力〉（評論）收入《極短篇美學》台北爾雅出版社，頁一一九—一二一。

《潮來的時候》（台灣及海外作家新潮小說選，與趙毅衡合編）台南文化生活新知出版社，三一七頁。

《弄潮兒》（中國大陸作家新潮小說選，與趙毅衡合編）台南文化生活新知出版社，三六九頁。

〈給兒子的一封信〉（散文）收入《拿世界來換你》台中晨星出版社，頁九七—一〇三。

〈現代小說的一些流派〉（演講）收入《傾聽與關愛——文化講座專輯3》新營台南縣立文化中心，頁一五一—一六八。

〈中國現代舞台上的悲劇典範——論曹禺的《雷雨》〉（論文）《成大中文學報》第一期，民國八十一年十一月，頁一〇七—一二四。

一九九三

〈「台灣文學」的中國結與台灣結——以小說為例〉（評論）收入《當代台灣文學評論大系．文學現象》台北正中書局，頁一七三—二二三。

〈電影對小說的影響——評《小鎮醫生的愛情》〉（評論）收入《當代台灣文學評論大

系·小說批評》台北正中書局，頁四四五—四五五。

〈台灣文學中的中國結與台灣結〉（演講）收入《講座專輯八》高雄市立中正文化中心管理處，頁一二一—一七二。

〈文化的躍升〉（舞評）收入《雲門舞話》台北雲門舞集基金會，頁二〇七—二一三。

〈台灣文學的地位〉（評論）《當代》第八十九期，民國八十二年九月，頁五六—六八。

〈現代戲劇〉（導讀）收入邱燮友等編著《國學導讀》（五）台北三民書局，頁三三五—三八一。

一九九四

《M的旅程》（短篇小說集）台北時報出版公司，二一二頁。

《北京的故事》（新版）台北時報出版公司，二六四頁。

〈序裴在美《無可原諒的告白》〉台北聯合文學出版社，頁五—一二。

〈序李苑怡Innocent Blues〉作者自印，頁一—四。

〈現代戲劇〉（講稿）收入《文藝休閒說帖》國立彰化師範大學，頁一三七—一四六。

〈桂林之美，灕江水〉（散文）收入瘂弦編《散文的創造》（上）台北聯經出版事業公司，頁六一—六四。

《西潮下的中國現代戲劇》台北書林出版公司，四一七頁。

一九九五

〈中國話劇的分期〉、〈中國現代舞台上的悲劇典範——論曹禺的《雷雨》〉（論文）收入黃維樑編《中國現代文學論文集》香港公開進修學院，頁二九三—三三七。

〈對「後現代劇場」的再思考與質疑〉（評論）《中外文學》二七一期，頁七二—七七。

〈窖鏹〉（短篇小說）收入鄭麗娥編《當代小說家精選集：露水》台北時報文化出版公司，頁四一—四八。

《馬森作品選集》台南文化中心，四三二頁。

〈哈哈鏡中的映象——三十年代中國話劇的擬寫實與不寫實：以曹禺的《日出》為例〉（論文）收入《中國現代文學國際研討會論文集：民族國家論述——從晚清、五四到日據時代台灣新文學》中央研究院中國文哲研究所籌備處，頁二六五—二八一。

〈台灣現代戲劇五十年〉（論文）《聯合文學》第十一卷第十二期（一三二），頁一五八—一七二。

〈城市之罪——論現代小說的書寫心態〉（論文）收入鄭明娳主編《當代台灣都市文學論》台北時報文化出版公司，頁一七九—二〇二。

〈邊陲的反撲：評三本「新感官小說」〉（書評）《中外文學》十二月第二十四卷第七期（二八三），頁一四〇—一四五。

一九九六

〈後現代在哪裡？——讀馬建《九條叉路》〉（書評）《聯合文學》十二月號第十二卷第二期（一三四），頁一三六—一三七。

〈評鍾明德《從寫實主義到後現代主義》〉（書評）《中外文學》一月第二十四卷第八期（二八四），頁一四四—一四九。

《腳色》（修訂新版）台北書林出版公司，三六〇頁。

〈誰來為張愛玲定位？——評《張愛玲小說的時代感》〉（書評）《中外文學》三月號第二十四卷第十期（二八六），頁一五五—一五九。

〈八〇年來台灣現代戲劇的西潮與鄉土〉（論文）《成大中文學報》第四期，頁九五—一〇八。

〈八〇年以來的台灣小劇場運動〉（論文）《中外文學》五月第二十四卷第十二期（二八八），頁一七—二五。

《我們都是金光黨》（劇作）《聯合文學》六月號第十二卷第八期（一四〇），頁一一七—一五五。

〈現代舞台劇的語言〉（論文）收入彭小妍編《認同、情慾與語言》，中央研究院中國文哲研究所籌備處，頁二一一—二三三。

〈掉書袋的寓言小說——評西西《飛氈》〉（書評）《聯合文學》八月號第十二卷第十期（一四二），頁一六八—一七〇。

〈講不完的北京的故事〉（序《北京鳥人》）台北新新聞文化公司，頁五—一一。

〈序朱少麟《傷心咖啡店之歌》〉台北九歌出版社，頁一—九。

〈從寫作經驗談小說書寫的性別超越〉（論文）收入鄭振偉編《女性與文學：女性主義文學國際研討會論文集》香港嶺南學院現代中文文學研究中心，頁一一五—一二三。

〈有關牟宗三先生的幾件小事〉（散文）收入蔡仁厚、楊祖漢主編《牟宗三先生紀念集》台北東方人文學術研究基金會，頁四七九—四八三。

一九九七

Flower and Sword (Play Translated by David Pollard) in Martha P.Y. Cheung and Jane C. C. Lai (ed.), *Contemporary Chinese Drama*, Hong Kong,Oxford University Press, pp. 353-374.

〈尤乃斯柯與聯副〉收入瘂弦主編《眾神的花園——聯副的歷史記憶》台北聯經出版公司，頁一六七—一七〇。

〈中國現代戲劇的曙光——追悼曹禺先生〉《聯合文學》二月號第十三卷第四期（148），頁一〇七—一一一。

〈自剖與獨白——序林明謙《掛鐘、小羊與父親》〉台北皇冠文化出版公司，頁三—八。

〈性與關於性的書寫：評鄭清文《舊金山、一九七二—一九七四的美國學校》〉《中外文學》三月號第二十五卷第十期（298），頁二三—二七。

〈五四前後文學社團的蠭起與發展〉《中國現代文學理論季刊》第五期，頁三八—五一。

〈鄉土VS.西潮——八〇年以來的台灣現代戲劇〉（論文）收入國立台灣師範大學主編《第二屆台灣本土文化國際學術研討會論文集——台灣文學與社會》國立台灣師範大學，頁四八三—四九五。

〈王敬羲的小說——序王敬羲《囚犯與蒼蠅》〉廣州花城出版社，頁一—五。

〈唯美作家沈從文的小說〉（論文）《成功中文學報》第五期，頁三〇三—三二〇。

《我們都是金光黨／美麗華酒女救風塵》（劇作）台北書林出版公司，一六四頁。

〈姚一葦的戲劇〉（評論）《聯合文學》一月號第十三卷第八期（152），頁五一—五五。

〈現代戲劇〉（史述）收入《中華民國史文化志（初稿）》國史館編印，頁六七一—七一八。

《二十世紀中國新文學史》（與皮述民、邱燮友、楊昌年合著）板橋駱駝出版社，七六六頁。

《燦爛的星空——現當代小說的主潮》（評論集）台北聯合文學出版社，三七七頁。

〈從寫實主義到現代主義：論郁達夫小說的承傳地位〉（論文）《成功大學學報》第三十二卷，頁二一九—四二一。

一九九八

〈寫實小說中的方言——以朱西甯的小說為例〉（評論）五月香港《純文學》復刊第一期，頁三七—四一。

〈從女性解放到回歸傳統——《莎菲女士的日記》及其他〉（評論）六月香港《純文學》復刊第二期，頁三一—三七。

〈沈從文以文字作畫〉（評論）十月香港《純文學》復刊第六期，頁六六—七四。

〈台灣小劇場的回顧與前瞻〉（論文）十一月香港《純文學》復刊第七期，頁五二—六二。

主編「現當代名家作品精選」，板橋駱駝出版社出版。首批出版胡適等著《文學與革命》、魯迅著《狂人日記》、郁達夫著《春風沉醉的晚上》、周作人著《神話與傳統》。繼出版丁西林著《親愛的丈夫》、茅盾著《林家鋪子》、沈從文著《邊城》、徐志摩著《徐志摩情詩》。

一九九九

〈台灣小劇場的回顧與前瞻〉（第二屆華文戲劇節研討會論文）上海《戲劇藝術》一九九九年第一期（總87期），頁二七—三三。

〈序李郁《天狼星上昇》〉桃園大麥出版社。

〈紀念老舍先生——為「老舍先生百年紀念」而寫〉香港《純文學》復刊第十期，頁九八—一〇二。

〈二度西潮的弄潮人——論姚一葦《姚一葦戲劇六種》〉（評論）收入陳義芝編《台灣文學經典研討會論文集》台北聯經出版公司，頁四一五—四二四。

主編「現當代名家作品精選」系列：老舍《駱駝祥子》、丁玲《莎菲女士的日記》、老舍《茶館》、林海音《春風》、朱西甯《朱西甯小說精品》、陳若曦《清水嬸回家》、洛夫《形而上的遊戲》板橋駱駝出版社。

〈序石光生《石光生散文集》〉台南市文化中心。

《追尋時光的根》（散文集）台北九歌出版社，二七二頁。

〈綠天與棘心——敬悼蘇雪林老師〉香港《純文學》復刊第十四期，頁六一—六三。

〈一種另類的現代文學史觀——論蘇雪林教授《中國二三十年代作家》〉（紀念蘇雪林教授兩岸學術研討會論文）《聯合文學》第十五卷第十二期（180），頁一三八—一四四。

〈含苞待放——二十世紀的台灣現代戲劇〉（史述）《文訊》第一六九期，頁二六—三四。

二〇〇〇

〈現代戲劇在台灣的美學走向〉（論文）收入《東方美學學術研討會論文集》國立歷史博物館出版，頁一七三—一九一。

〈尋夢者〉（短篇小說）收入王德威編《爾雅短篇小說選》第二集，台北爾雅出版社，頁三五七—三六四。

〈西潮的中斷——抗戰時期的純文學〉（史述）《聯合文學》第十六卷第九期（189），頁一二三—一二六。

〈台灣小劇場的回顧與前瞻〉（第二屆華文戲劇節——香港1998——研討會論文）收入方梓勳編《新紀元的華文戲劇——第二屆華文系季節（香港1998）研討會論文集》香港戲劇協會、香港戲劇工程出版，頁八九—九九。

《孤絕》（短篇小說集，新版）台北麥田出版社，二六八頁。

〈從現代主義到後現代主義——台灣「新戲劇」以來的美學商榷〉（第三屆華文戲劇節研討會論文）《聯合文學》第十六卷第十一期（191），頁六八—七八。

〈天魚〉（短篇小說）收入張曉風編《小說教室》台北九歌出版社，頁二五九—二六七。

〈情色與色情文學的社會功用〉（論文）收入國立台灣師範大學國文系主編《解嚴以來台灣文學國際學術研討會論文集》台北萬卷樓圖書公司，頁一七三—一九二。

〈一種另類的現代文學史觀——論蘇雪林教授《中國二三十年代作家》〉（論文）收入杜英賢主編《海峽兩岸蘇雪林教授學術研討會論文集》，高雄財團法人亞太綜合研究院、永達技術學院出版，頁二四五—二六二。

《戲劇——造夢的藝術》（馬森文論五集）台北麥田出版社，四〇〇頁。

《小王子》（翻譯法國聖修伯里原著，新版）台北聯合文學出版社，一七二頁。

《夜遊》（長篇小說，新版）台北九歌出版社，四〇六頁。

二〇〇一 "The Theatre of the Absurd in China: Gao Xingjian's *Bus-Stop*" in Kwok-kan Tam (ed.),*Soul of Chaos: Critical Perspectives on Gao Xingjian*, Hong Kong, The Chinese University Press, pp.77-88.

《陽台》（劇作）《中外文學》第三十卷第一期，頁一八二—一九一。

《窗外風景》（劇作）《聯合文學》第十七卷第九期（201），頁一三二—一四八。

〈中國現代文學的兩度西潮〉，南京大學主辦「中國現代文學傳統國際學術研討會」論文。

二〇〇二 《文學的魅惑——馬森文論六集》台北麥田出版社，三九六頁。

《蛙戲》（兩景九場歌舞劇）前半部在《自由時報副刊》發表。

《台灣戲劇：從現代到後現代》佛光人文社會學院出版，三〇〇頁。

〈綠波橫渡〉（橫渡日月潭紀實）《聯合報副刊》。

〈從現代主義到後現代主義——台灣「新戲劇」以來的美學商榷〉，收入《華文戲劇的根、枝、花、果——第三屆華文戲劇節學術研討會論文集》，頁二四五—二六一。

〈從符號學的觀點看荒謬劇的典範變革：後現代美學的濫觴〉，《佛光人文社會學刊》第三期，頁六七—七七；收入台灣藝術大學《海峽兩岸及香港地區當代劇場研討會論文集》，頁六三—七六。

〈一個失去的時代〉收入李瑞騰、夏祖麗主編《一座文學的橋——林海音先生紀念文集》，頁九一—九三。

〈中國現代文學的兩度西潮〉，收入南京大學中國現代文學研究中心主編《中國現代文學傳統》，北京人民文學出版社，頁一七八—一八七。

二〇〇三

〈呱〉（短篇小說）《聯合文學》第二二九期，頁五七—六二。

〈美好的時光〉（短篇小說）在《中國時報人間副刊》發表。

〈跨世紀台灣小說成績單〉（九歌《中華文學大系1990-2003•小說卷》序言）在《自由時報副刊》發表。

〈何處是吾家？〉在《聯合報副刊》發表。

《在大蟒的肚裡》（劇作）收入王友輝、郭強生主編《戲劇讀本》，台北二魚文化，頁三六六—三七九。

〈小說卷序〉《中華文學大系1990-2003》，台北九歌出版社。

〈北京的時代新女性〉，張抗抗長篇小說《作女》序，台北九歌出版社。

二〇〇四

「府城的故事」系列前三篇〈迷走的開元寺〉、〈煞土臨門〉、〈無可迴轉的時光〉在《印刻文學生活誌》第六期發表。

〈美好的時光〉收入顏崑陽主編九歌《九十二年散文選》，台北九歌出版社，頁三六五—三六九。

〈台灣現代戲劇五十年〉（論文）收入中國文化大學中文系所主編《回顧兩岸五十年文學學術研討會論文集》上冊，中國文化大學出版部，頁一四七—一八二。

「府城的故事」〈來去大億麗緻〉在《中國時報人間副刊》發表。

「府城的故事」〈蟑螂〉在《聯合報副刊》發表。

〈為台灣「苦難靈魂」發聲〉，石光生劇作《福爾摩SARSs／2003我們不是這樣長大的／2002》序，台北書林出版公司。

（附錄五）

相關評論及訪談索引

童大龍，〈情緒與昇華〉，《書評書目》六十六期，一九七八年十月。

亮軒，〈天問——讀馬森《生活在瓶中》〉，《時報周刊》一九七八年十一月。

陳雨航，〈馬森的旅程〉，《新書月刊》一九八四年六月。

康來新，〈生命瓶頸寫作瓶頸〉，《聯合文學》一卷八期，一九八五年六月。

INK PUBLISHING

馬森小說集 2

生活在瓶中

作　者	馬　森
總編輯	初安民
責任編輯	施淑清
美術編輯	張薫芳
校　對	吳美滿　施淑清　馬森
發行人	張書銘
出　版	INK印刻出版有限公司 台北縣中和市中正路800號13樓之3 電話：02-22281626 傳真：02-22281598 e-mail:ink.book@msa.hinet.net
法律顧問	林春金律師
總代理	成陽出版股份有限公司 業務部／訂書電話：02-22256562　訂書傳真：02-22258783 訂書地址：台北縣中和市中正路800號11樓之2 e-mail：rspubl@sudu.cc 網址：舒讀網http://www.sudu.cc 物流部／電話：03-3589000　傳真：03-3581688 退書地址：桃園市春日路1490號
郵政劃撥	19000691 成陽出版股份有限公司
門市地址	106台北市新生南路三段96-4號1樓
門市電話	02-23631407
印　刷	海王印刷事業股份有限公司

出版日期　2006年4月 初版

ISBN 986-7108-29-9

定價　240元

國家圖書館出版品預行編目資料

生活在瓶中／馬森著.--初版，--
臺北縣中和市：INK印刻，2006〔民95〕
面；　公分（馬森小說集：2）

ISBN 986-7108-29-9（平裝）

857.7　　95004659